På kontoret for
glemte sager

På kontoret for glemte sager

Forlag: Books-on-Demand, København, Danmark

Tryk: Books-on-Demand, Norderstedt, Tyskland

ISBN: 9788743026853

Henrik Neergaard

PÅ KONTORET FOR GLEMTE SAGER

Og andre noveller

Forlaget BoD

Books-on-Demand

Andre bøger af Henrik Neergaard

På Forlaget Books-on-Demand:

Den digitale litteraturs velsignelser. *Noveller.*
Dovne Kenneth – eller Troen på utroskab. *Roman.*
Dalredage. *Dieselhaiku.*
Natvilje. *Roman.*
Da slangen spiste af den forbudne frugt. *Noveller.*
Vera og Bjarnes heftige forår. *Roman.*
FLYVE-HAVRE. Digte, kortprosa, noveller og andet skriv.

Kontorchefen og Nyhavnspigen

April 1969

Personalechefen så på mig.

"Ja, så tror jeg, at jeg vil ønske Dem tillykke med, at De har fået jobbet. Jeg vil lige fortælle Dem lidt om en af Deres forgængere i stillingen, hvis De har tid. De har måske hørt om kontorchef Jansen? Nå, ikke? Ja, men så må De hellere få hele historien."

Han så på mig et øjeblik, vurderende. Men vurderingen faldt åbenbart ud til min fordel. Jeg var øjensynligt blevet accepteret, ikke blot som ny medarbejder, men som én, der godt kunne tåle at høre nogle af hemmelighederne om tidligere ansatte. Eller måske kunne han bare godt lide at fortælle sladderhistorier?

Han tog et drag af piben og fortsatte så:

Jansen var jo kontorchef her i firmaet i mange år. En pligtopfyldende og altid korrekt medarbejder, der

5

passede sit arbejde med flid og nidkærhed. Måske lidt grå og kedelig, ville nogen synes, men her hos os er det ikke nødvendigvis noget minus. Han var gift med en pæn og sød kone, af lidt mere velhavende familie end han selv. Hendes far var vist en velhavende grosserer eller fabrikant. Selv kom han vist oprindelig fra ret fattige kår, tror jeg. De havde to pæne og velopdragne børn, hvoraf den ældste netop var begyndt i gymnasiet.

Kort sagt, Jansen var en helt almindelig respektabel kontorchef, der satte en ære i at passe sit arbejde til punkt og prikke og at betale enhver sit og i det hele taget have orden i sine sager. Om han var lykkelig? Tja, det ved jeg ikke, men det burde han vel være, med den tilværelse, han førte. Alt havde jo udviklet sig på bedste måde, og han var havnet på samfundets solside. Han stammede selv fra en pæn og respektabel familie, hans far var vist regnskabschef i et stort, velrenommeret firma. Ganske vist havde han vist nok været lidt uheldig i sin studietid. Det var noget med en kvindelig medstuderende, som han havde gjort gravid, selv om hun egentlig var forlovet med en anden. Men sagen blev dysset ned, og det var efterhånden mange år siden.

Kontorchef Jansen havde den vane, at han hver dag, når han skulle hjem fra arbejde, gik til fods hele vejen fra kontoret her omme bag Det Kongelige Teater, og ned over broen til den mindre pæne side af Nyhavn. Nej, ikke ved Kongens Nytorv. Længere nede. Der ved den bro, der fører over kanalen cirka midtvejs. Og så fortsatte han hen gennem Nyhavn, på den mere farverige side, forbi værtshusene, ned til hjørnet ud mod Kongens Nytorv, og drejede han ned ad Bredgade og gik hen ad Grønningen op til Østerport Station, hvor han tog S-toget hjem til villaen i Ordrup. Det var blevet hans faste rute hver dag, når han skulle hjem fra arbejde. Med mindre det ligefrem var skybrud eller hylende snestorm.

Jeg ved ikke hvorfor, men han har vel syntes, at det var lidt pirrende og lidt eksotisk, lidt frækt, det der med Nyhavn. Det var jo dengang, der var liv og glade dage i Nyhavn. Med fulde sømænd og folk, der gik på druk på skumle værtshuse. Og nyhavnspigerne, de var der jo sandelig også, både på beværtningerne og uden for på gaden, når vejret var til det.

Så det var hans daglige spadseretur hver eftermiddag. Men så en dag kom han som sædvanlig gående ned gennem Nyhavn på vej hen til Bredgade og videre til Østerport Station. Det var en sommerdag, i begyndelsen af august. Han var lige kommet tilbage fra årets sommerferie med familien og var begyndt på arbejdet igen for en uges tid siden. Det havde været en rigtig god dag på arbejdet, og det var dejligt sommervejr, så han gik ligefrem og fløjtede en lille munter melodi.

7

Da han var nået halvvejs ned gennem den frække side af Nyhavn, var det, at han fik øje på hende. Det var en af nyhavnspigerne, naturligvis. Hun stod på fortovet uden for et værtshus og røg en cigaret, mens hun ventede på, at der skulle komme en interesseret, og helst velbeslået mand forbi. I det varme sommervejr var hun meget let påklædt. Hun havde en meget kort nederdel på, og en tynd hvid, næsten gennemsigtig bluse på. De fleste af knapperne i blusen var knappet op, så man kunne se, at hun havde en rose og et hjerte og et par navne tatoveret på brysterne. Også på armene var hun tatoveret. På den ene arm var der tatoveret en langstilket rød rose og navnet Connie, der åbenbart var hendes eget navn. På den anden underarm var hun blevet dekoreret med en svale, der kom flyvende med et bånd, hvor der stod "True Love" og et rødt hjerte og et par små blomster. Højere oppe på armen, et stykke over albuen, var der tatoveret et anker og navnet på et skib, der hed M/S Göteborg. På den anden overarm var der et rødt hjerte med en lille rose og et bånd tværs over, hvor der stod "Sørens Tøs". Også på benene var hun blevet udsmykket, med en rose på det ene lår og en sommerfugl, der kom flagrende, på det andet.

Hun var ganske flot skabt og havde sikkert tiltrukket sig mange mandeblikke også uden de farverige udsmykninger. Hun stod jo der på fortovet og udstillede sig selv og sine forskellige fortrin, så ingen kunne være i tvivl om, hvad hun var ude på.

Og så var det jo, at han kom forbi. Kontorchefen, som historien handler om, Jansen. Jeg ved altså ikke, hvad der gik af ham, den pæne mand, men han faldt altså pladask for hende. Jeg ville nok ikke have troet det om ham – at han havde sådan en billig smag. For hun så virkelig billig ud, efter hvad jeg har fået fortalt. Og han havde sådan en pæn og sød kone derhjemme, og to halvvoksne børn og et godt job og et dejligt hus i et pænt kvarter, og alt, hvad man kunne ønske sig.

Så jeg ved ikke, hvad der gik af ham. Men han gik altså med hende, betalte, hvad hun forlangte, og så gik han med hende hen til der, hvor hun ..... ja, altså, der hvor det nu foregik, det som hun foretog sig med mændene. Hun havde vist et lille værelse i et af baghusene, som hun brugte til det der med mændene ..... tror jeg nok. Jeg har jo ikke været der selv, kun hørt om det. Så jeg ved ikke, hvad der gik af ham. Men han gik altså med hende, betalte, hvad hun forlangte, og så gik han med hende hen til der, hvor hun ..... ja, altså, der hvor det nu foregik, det som hun foretog sig med mændene. Hun havde vist et lille værelse i et af baghusene, som hun brugte til det der med mændene ..... tror jeg nok. Jeg har jo ikke været der selv, kun hørt om det.

Det tog jo ikke særlig lang tid, og bagefter tog han pænt og roligt hjem til sin kone og lod som ingenting. Næste dag, da han skulle hjem fra arbejde, gik han igen den samme vej gennem

9

Nyhavn, og der stod hun på nøjagtig det samme sted som dagen før, og i en endnu frækkere påklædning, næsten som om hun havde ventet på ham. Nå, men han gik jo med hende igen. Af en eller anden grund må han være faldet for hende. Spørg mig ikke hvorfor, men det er den eneste forklaring, jeg kan finde på det, der senere skete.

Snart blev det en daglig foreteelse, næsten et ritual, kunne man sige. Noget, der hørte med til hjemturen fra arbejdet, at han hver dag mødte hende og gik med hende hen til hendes sted, og så, nå ja .....

Hun var jo bare en luder, så selvfølgelig betalte han hende for det hver gang. Og hun har jo næppe gengældt hans følelser, eller hvad det nu var, han følte for hende. En slags erotisk besættelse har det vel nærmest være. Som han slet ikke har kunnet styre. Men alt det har hun sikkert været ret ligeglad med, bare han betalte, og det gjorde han jo. Han var sikkert også mere flink og medgørlig og mere behagelig for hende at være sammen med end de rå sømænd og alle de fulde svenskere og andre mænd, der gik på druk i Nyhavn dengang. Jeg tror såmænd nok, at han behandlede hende ordentligt, ja sikkert mere end det. Så på den måde var hun sikkert glad nok for at have en god fast kunde som ham, der kom på samme tid hver dag. Men meget mere end det har der nok heller ikke været i det fra hendes side.

Men efterhånden fik Jansen jo lidt svært ved at forklare over for konen derhjemme, hvad han brugte alle de penge til. Og hvorfor han var begyndt at komme lidt senere hjem fra kontoret hver dag. Bare en halv times tid. Mere har det sikkert ikke været. Og han har sikkert prøve at finde på en eller anden undskyldning for det. Men hvad nu, hvis hun har ringet ind til ham på kontoret en dag for at bede ham om lige at købe et eller andet med hjem på vejen, og der så har været lukket og slukket for telefonerne til sædvanlig tid. Eller hvis hun har fået fat på en kontordame eller en anden medarbejder, der lidt undrende har sagt, at jamen Jansen, han er da allerede gået, han gik da til samme tid, som der hvor han plejer at gå hver dag. Så er hun jo nok begyndt at tænke lidt over tingene. Og hvis det virkelig var hver dag på vej hjem, han var forbi hende Nyhavnspigen, mon så ikke også konen har kunnet mærke et eller andet? Måske er det ligefrem gået ud over deres ægteskabelige samliv? Ja, Jansen var jo stadig kun et par og fyrre, men alligevel? Men han har åbenbart fundet på en eller anden søforklaring, så han klarede frisag i første omgang.

Der gik en måneds tid, og han fortsatte med at mødes med hende Nyhavnspigen, hver dag på vej hjem fra kontoret. Det er, hvad jeg har fået fortalt. Connie med de flotte tatoveringer, som hun blev kaldt i Nyhavn. Og med Nyhavns korteste skørter, blankeste lakstøvler og mest velformede bryster, har jeg også hørt. Og det mest strålende og blændende smil, når hun var i det humør. Det var vist den almindelige mening blandt mange af de mænd, der jævnligt færdedes i Nyhavn. Hun har uden tvivl været en af de dyreste piger i Nyhavn dengang. Måske netop fordi hun så så totalt billig ud på en meget flot og charmerende måde, der nemt kunne fordreje hovedet på de fleste mænd. Sådan har jeg fået hende beskrevet af flere forskellige. Jeg har jo selvfølgelig ikke selv haft noget at gøre med hende, det er klart.

Men det var altid kun hende, han gik til. Connie. Kun til hende. Aldrig til nogen af de andre Nyhavnspiger, uanset hvor meget de så havde majet sig ud. Det var kun hende, han ville have. Det var jo for så vidt også forståeligt nok. Ud fra den måde, hun bliver beskrevet på, selvfølgelig. Hun plejede vist også at vente på ham, for han plejede jo at komme på samme tid hver dag. Jeg har selv set hende stå der og vente på ham, når jeg selv skyndte mig forbi på vej op til Østerport Station. Og flere gange har jeg endda været ude for, at hun afviste en anden kunde, fordi han plejede at komme lige om et par minutter. Det var selvfølgelig ikke det, hun sagde til ham den anden, hun fandt på en eller anden helt åndssvag undskyldning. Og det blev den anden, der også var interesseret i hende, selvfølgelig ret så irriteret over. Det kan man jo godt forstå.

Det ligner jo heller ikke rigtig noget, når hun nu engang er prostitueret, at hun så gør forskel på

mændene på så grov og direkte uforskammet en
måde. Men det gjorde hun altså. Flere gange endda.

Men jeg skyndte mig naturligvis bare videre, for jeg
kunne jo være ret ligeglad med, hvordan sådan en
billig tøs behandlede potentielle kunder og om hun
sjoflede dem totalt, selv om det var pæne og høflige
og velklædte mænd. Desuden havde jeg jo også et
tog, jeg skulle nå, så det gad jeg da ikke spilde mere
tid på. Jeg nævner det bare, fordi jeg har hørt flere
fortælle om, at de har været ude for det samme –
som dem, der også har fortalt om, at de har været
ude for det. Jeg havde egentlig ikke tiltroet Jansen
nogen særlige evner som Don Juan, men det har
åbenbart alligevel lidt af, i hvert fald over for hende,
siden hun ligefrem stod og ventede på ham og
afviste andre mænd, der var mindst lige så
veltrænede og attraktive i enhver henseende som
Jansen, der jo ikke udmærkede sig på nogen særlig
måde i den retning. Men kvindesindet har jo
undertiden sine dybder, som det er svært for os
mænd at forstå. Nå, men det var jo bare et lille
sidespring.

Men hvis Connie en enkelt dag ind imellem ikke var,
når Jansen kom gående, så gik han bare videre uden
overhovedet at værdige de andre piger et blik. De
andre havde jo set ham gå med Connie hver dag, og
når hun ikke var der, så prøvede de naturligvis at
henvende sig til ham og byde sig til for at prøve at
kapre ham. Men altid uden resultat. Det var hende,
han ville have, og kun hende. De andre var han

13

ligeglad. Men kan jo næsten have lidt ondt af ham. Han begik jo den der klassiske fejltagelse, som man altid bliver advaret mod som mand, nemlig at forelske sig i en ludder. Stakkels mand. Men han er jo ikke den første, der har gjort det, og han bliver nok heller ikke den sidste. Men hos ham var det åbenbart bare meget mere voldsomt og heftigt end hos de fleste andre.

Nå, men tiden gik jo, og han fortsatte med sit lille eventyr dag efter dag. Selv om han i første omgang havde klaret skærene over for sin kone, som jeg i øvrigt aldrig har kendt andet end rent overfladisk, så blev det jo sværere og sværere for ham at holde det helt skjult. Sådan er det jo med den slags affærer. Det ved vi vist alle sammen. Og nu var hendes mistanke jo efterhånden blevet vakt, om der nok var et eller andet, der ikke helt var, som det skulle være. Det er også muligt, at en eller anden havde hvisket hende lidt i øret om det. Det kan jo godt være. Men nu begyndte hun at stille små kritiske spørgsmål til ham om ting, som hun ikke tidligere havde interesseret sig for. Sådan små detaljer, som godt kunne være lidt afslørende, hvis de ikke blev besvaret helt som forventet.

Jansen var jo ikke helt dum, så han blev efterhånden klar over, at det godt kunne gå hen og blive risikabelt med hende der Connie, hvis ikke han fandt på noget. Han prøvede vist faktisk at tage fornuften fangen og begyndte at overveje

14

konsekvenserne og risikoen ved det, han havde gang i. Det ville vi jo nok alle sammen have gjort, og måske endda på et meget tidligere tidspunkt. Men nu var han langt om længe nået dertil, hvor han tænkte lidt dybere over det. Og var nået til den konklusion, at det alligevel ikke var værd at risikere ægteskab og familie og måske mere til på den konto.

Så hvorom alting er, så tog han sig virkelig sammen og besluttede, at nu skulle det være slut med hende der Nyhavnsluderen. Måske ville han også bevise over for sig selv, at han skam ikke var blevet afhængig af hende og sagtens kunne klare sig uden hende, hvis det skulle være. Måske kan det også have spillet ind – lidt i hvert fald – at han et par dage før havde set hende gå med en anden mand i stedet for at blive stående og vente på ham, sådan som hun plejede, når han var blevet fire-fem minutter forsinket. Det var jo fuldt ud forståeligt, at hun gjorde det. Det var jo kun naturligt, når den anden mand fuldt ud kunne måle sig med Jansen, ja faktisk mere end det, fordi han var både mere veltrænet, mere velklædt og tydeligvis også havde større social status end Jansen. Så hun skruede virkelig charmen på over for ham den anden og var endnu mere storsmilende og kærlig og indladende over for ham, end hun plejede at være over for Jansen, hvilket jo også kun var naturligt. Så måske har Jansen ligefrem været lidt jaloux eller ligefrem rigtig skuffet over, at hun nærmest vragede ham til fordel for en anden. Sådan er der jo sikkert mange

15

mænd, der ville reagere. Så det kan det godt være, at det også spillede ind. Det ved jeg jo selvfølgelig ikke, men det kan da godt tænkes.

Men hvorom alting er, så havde han nu fået noget, som det var vigtigt for ham at bevise. Ikke mindst over for sig selv. Nemlig at han var stålsat nok til at modstå hende og alle hendes fristelser. Så næste dag på vej hjem fra kontoret gik han sin sædvanlige rute gennem Nyhavn. Han kunne jo bare været gået uden om og ned omkring Det Kongelige Teater og Kongens Nytorv og så enten ad Store Kongensgade op til Østerport, eller ad Gothersgade til Nørreport Station. Men nu ville han altså bevise, at han var blevet så målbevidst og så moralsk og så stålsat, at han sagtens kunne modstå alle fristelser af den slags.

Og da han så kommer forbi hendes sædvanlige flise, så står hun der som hun plejer, og har endda ekstra smart og frækt og superkort tøj på, og smiler sit mest strålende smil til ham. Den slags var hun jo lidt af en mester i. Hun kunne godt være rigtig, rigtig charmerende, når hun var opsat på det. Så man nærmest skulle være lavet af træ for ikke at reagere på det. Det har jeg hørt flere sige. Og smuk og meget velskabt at se på, det var hun jo også. Selv om hun også så temmelig billig ud, ikke mindst fordi hun havde sminket sig så hårdt. Men det er der vist faktisk også mange mænd, der tænder på, efter hvad jeg har ladet mig fortælle. Jeg har senere hørt, at hun vist nok også har fordrejet hovedet på flere andre mænd, på nogenlunde samme måde som med Jansen. Ja, det er naturligvis kun rygter, jeg har hørt. En rigtig femme fatale, som man kalder det. Om end i discountklassen.

Jeg glemmer aldrig det råd, som min gamle onkel gav mig, da jeg fyldte atten. Han trak mig til side og sagde: hold dig fra luderne, knægt. Og hold dig først og fremmest fra de smukke og charmerende ludere. Det er de farligste. Forelsk dig ikke i en luder. Hvis du endelig vil gå til en luder, så find en, der er gammel og grim. Gem romantikken og forelskelserne til de pæne og ærbare piger.

Det var det råd, han gav mig. Den dag i dag fortryder jeg ofte, at jeg ikke altid selv har fulgt hans råd 100 procent. Men det er der sikkert også mange andre, der gør. Hvorom alting er, så er det en helt anden historie, som der ikke er nogen grund til at blande ind i det her.

Han rømmede sig og fortsatte så:

Nå, men hvor kom vi til. Det var jo Jansen, vi var i gang med. Nå jo, det var det med at han ville bevise, hvor stålsat han er i sin nye og meget mere fornuftige beslutning om at nu er der ikke noget, der kan få ham bort fra dydens smalle sti. Så han går nærmest demonstrativt den sædvanlige vej hjem gennem Nyhavn.

17

Og der står hun så og strutter med alt, hvad hun har, og det er ikke så lidt. Især ikke, hvis man er en mand i sin bedste alder og har en lidt billig smag, sådan som Jansen jo åbenbart må have haft. Men nu er han virkelig blevet stålsat, Jansen. Han holder skam fast ved sin beslutning om at forbedre sig gennem et nyt og mere sobert levned, så han spankulerer lige forbi hende og lader vistnok som om han slet ikke har set at hun står der, hvad han selvfølgelig i allerhøjeste grad har. Men nu har han altså lagt sig fast på at demonstrere, at han er mand nok til at sige nej til denne fristelse.

Hun træder et lille skridt frem mod ham, siger "Hej skat" og lægger vistnok også hånden på hans arm, men han ryster hendes berøring af sig og lader være med at hilse på hende, skynder sig blot videre uden at stoppe op så meget som et sekund. Han lader simpelthen som om hun er luft for ham. Han sætter endda tempoet op, som om han er fuldstændig ligeglad med hende, hvad han selvfølgelig overhovedet ikke er, og så drejer han hurtigt om hjørnet og fortsætter med stormskridt ned gennem Bredgade og op mod Grønningen.

Da han er nået op til Østerport og træder ind i stationsbygningens forhal, tørrer han sveden af panden med den ene hånd og tænder sig en cigaret. Så køber han en øl ved udskænkningsdisken, som dengang fandtes der i forhallen, overfor trapperne, der fører ned til perronerne. Han tager sin øl med

hen til et af de små runde borde, der netop er
beregnet til, at man kan stå og drikke en hurtig øl,
mens man venter på sit tog.

Den første halvdel af øllen – vistnok en almindelig
Grøn Tuborg – skyller han ned i et par store slurke,
som om han er meget tørstig eller trænger til noget
at styrke sig på. Så sætter han tempoet lidt ned og
drikker resten af øllet i små og mere
eftertænksomme slurke, mens han ind i mellem
pulser på en cigaret.

Han falder vist lidt i staver. Står og betragter
omgivelserne og de andre rejsende i forhallen og
især dem, der også står og drikker en øl ved et af de
andre små runde borde. Og alle de andre, dem der
kommer myldrende forbi, fordi de skal skynde sig
ned at nå et tog på en af de to perroner. Eller som
kommer op nede fra dybet, enten fra et S-tog eller
med Kystbanen, eller måske med et fjerntog, der er
ankommet sydfra og har endestation her. Han står
og registrerer det hele med intens opmærksomhed,
men alligevel lidt tom i hovedet.

Så tager han sig lidt sammen, drikker resten af sin
øl, og ser med en pludselig bevægelse på sit
armbåndsur, næsten som om han først lige har
opdaget det, og konstaterer, at det tog, han skulle
have været med, lige netop er kørt. For mindre end
et minut siden. Han går hen mod
udskænkningsdisken for at købe sig en øl til, har

allerede pungen fremme og er ved at tælle nogle mønter op.

Men så ombestemmer han sig og går ud af stationsbygningen, ud på gaden igen, ud på det brede fortov udenfor, maser sig forbi køen ved pølsevognen, og begynder at gå hen ad Grønningen, går over lyskrydset og begynder at gå ned gennem Bredgade, samme vej som han kom, bare i den modsatte retning, tilbage til Nyhavn. Da han når til enden af Bredgade ved Kongens Nytorv, drejer han om hjørnet til Nyhavn og kigger efter hende. Jo, hun står stadig derhenne, hvor hun plejer, på det samme sted, hun står der stadig. Eller måske står hun der igen, måske har hun haft en hurtig kunde i mellemtiden, men intet kan være mere ligegyldigt for Jansen, det eneste, der betyder noget, er at hun står der, at hun ikke er forsvundet et eller andet mystisk sted hen.

Hun står der, fuldstændig rolig og afslappet – i modsætning til Jansen. Hun står der, hvor hun altid plejer at stå, som om hun har ventet på, at han skulle komme tilbage. Hun står der og ryger en cigaret og læser ham allerede på lang afstand som en åben bog, med et lille smil i det kønne ansigt. Jansen iler hen til hende og tager hende i sine arme som om han aldrig vil give slip på hende igen. Hun besvarer hans heftige omfavnelse, der er så hurtig og så voldsom, at hun kommer til at brænde et hul i hans jakke med sin cigaret, inden hun hurtigt trækker den hånd til sig, smider cigaretten på jorden og træder den ud med den ene af lakstøvlerne, så hun kan koncentrere sig helt om deres tætte omfavnelse og deres hede kys.

Efter et par minutter vikler hun sig dovent smilende ud af hans arme og venter tålmodigt på, at han tager tegnebogen frem og rækker hende det sædvanlige antal pengesedler, næsten som det er et ritual og ikke blot en simpel betaling. Hun tager imod pengesedlerne, tæller dem som hun plejer, næsten som det også er et ritual, der hører med og ikke blot nogle penge, hun får for noget, hun sælger. Hun nikker og smiler til ham og tæt omslyngede går de lidt hen ad gaden og ned ad den sidegade, hvor hun har et værelse inde i en baggård.

Det varer længere, end det plejer, før han kommer ud på gaden igen, alene, og han ser nok også lidt mere udaset ud, end han plejer. Først, da han er drejet om hjørnet til Bredgade, standser han op, retter på tøjet, stopper skjorten rigtig ned i bukserne og lader en kam løbe gennem håret. Så går han videre, i stille og roligt tempo, uden at gøre noget særligt væsen af sig. Men allerede inden han er nået op til Grønningen, fortryder han, at han gik tilbage til hende, i stedet for at holde fast ved sin hensigt om at droppe hende – den hensigt, han ellers troede var så stålsat.

Han beslutter, at nu skal det være anderledes. Nu skal det være alvor med at forbedre sig og stå fast på

21

moralens grund, så han stadig kan nå at redde sit ægteskab og alt det, der står på spil. Det er jo heller ikke, fordi han ikke elsker sin kone – og sin familie, sine halvvoksne børn. Selvfølgelig elsker han dem. Selvfølgelig er det dem, der betyder mest for ham – men ... Det er det "men", der skal fjernes. Udraderes, som om det aldrig har været der. Det er han nødt til. Og det er det, han virkelig vil. Det, der virkelig betyder noget for ham. Det andet er bare pjat og galskab, det rene vanvid, som om han ladet sig lokke ind i, fordi han ikke tænkte sig om. Men det skal der rettes op på nu, inden det er for sent. Fra og med i morgen vil han lægge sin rute om, så han ikke længere går gennem Nyhavn. Det er der jo slet ikke nogen grund til. Det var en totalt fjollet ting, at han overhovedet begyndte på det. Det var at udfordre skæbnen. Nu må han være fornuftig og velovervejet. Han vil gå en helt anden vej, når han skal hjem fra kontoret. Så han slet ikke møder hende. Det er det, han skal. Det burde han have gjort for længe siden.

Han går videre hen ad Bredgade og har det godt med den beslutning, han har truffet. Nu skal det være alvor. Ikke noget med at falde i vandet igen. Han tager roligt hjem til sin kone og børnene, og formår at bevare roen og optræde på en måde, så hun ikke opdager noget. Hun siger i hvert fald ikke noget. Aftenen derhjemme forløber godt og fredeligt.

Han ånder lettet op. Det ser ud til, at situationen alligevel kan reddes.

Men næste på kontoret har han svært ved at koncentrere sig om arbejdet. Han er pludselig tvivl om det hele. Det går op for ham, at det nok ikke er så enkelt endda. At han simpelthen ikke kan modstå hende. At han hverken kan eller vil undvære hende. Men det er jo heller ikke, fordi han ikke holder af sine kone og børnene og alt det derhjemme. Det er ikke, fordi han er blevet træt af sin hustru. Det er ikke fordi alt det, der hører familien til, pludselig er blevet ham ligegyldigt. Det er bare, som om der er kommet en ny og klarere stjerne på hans himmel, der lyser stærkere og klarere end alle de andre. Men de andre er der stadig. Det lyser ikke svagere end før. Der er bare kommet en ny stjerne, der overstråler alle de andre. Nu er han parat til at sætte alt på et bræt – hendes bræt. For han kan ikke undvære hende. Uanset hvor meget ravage, det så vil skabe i hans tilværelse.

Da han skal hjem fra kontoret den dag, har han besluttet sig. Han går ikke den anden vej hjem, som han dagen før fantaserede om, at han ville og bildte sig ind, at han sagtens kunne. Han går med vilje sin gammelkendte, sædvanlige rute gennem Nyhavn. Eller måske er det ikke helt rigtigt at sige, at han gør det vilje. For han føler det snarere, som om det er en magnet i trækker i ham. En magnet, der er så stærk, at han er ude af stand til at modstå dens kraft. Men han er fuldt bevidst om, hvad det er, han gør. Det er som om han har overgivet sig i skæbnen, og lader sig drive derhen, hvor den fører ham, uanset hvor det er, og uden at vide, hvor det ender henne. Han kan ikke andet. Og han har ikke lyst til andet. Uanset hvor det så måtte føre ham hen, og om det muligvis vil vælte hele hans velkendte, trygge tilværelse omkuld. Han er helt bevidst om, at det meget nemt kan gå sådan og føler næsten en vis sødme eller tilfredsstillelse ved at overgive sig fuldstændig til situationen - og til hende. At kaste al sund fornuft overbord og give sig skæbnen i vold. At overgive sig til det på nåde og unåde. Som et lille skib, der driver for vejr og vind på et oprørt hav uden nogen ved roret, uden nogen fastlagt kurs.

Så han går helt bevidst lige hen til det sted, hvor hun plejer at stå og trække. Men i dag er hun der ikke. Han ser op og ned ad gaden. Men han kan se hende nogen steder. Hun er der ikke. Heller ikke længere henne. Han kigger ind i sidegaderne. Der er hun heller ikke. Så tager han et tag i sig selv. Et stort tag, sådan føler han det selv. Som om han endelig vågner op. Det er næsten som et vink fra skæbnen, tænker han. Som om det alligevel ikke er meningen, at han skal sætte alt på spil og risikere at ødelægge sin tilværelse, fordi han ikke har været herre over sig selv og sine følelser. Han skynder sig videre. Går med hurtige skridt hen til Kongens Nytorv, drejer om hjørnet til Bredgade og fortsætter i samme tempo. Han ånder lettet op. Han er

24

alligevel ikke fanget i hendes spind. Han er alligevel
ikke prisgivet sine kaotiske følelser. Han er trods alt
stadig herre over situationen. Det er stadig ham selv
og hans sunde fornuft, der gælder. Han kan stadig
selv styre sin tilværelse og bestemme, hvad han vil
og hvad han ikke vil.

Han er nået omtrent halvvejs op ad Bredgade mod
Grønningen. Der er rødt lys i fodgængerfeltet ved
lyskrydset der midtvejs oppe i Bredgade. Han
stopper op og venter på, at lyset skal skifte til grønt.
Han synes, det er usædvanligt længe om at skifte.
Han står og bliver utålmodig. Pludselig kan han
ikke holde ud at stå der og vente. Han drejer om på
hælen. Vender om og begynder at gå tilbage mod
Kongens Nyhavn. Skynder sig, tager lange skridt.
Drejer om hjørnet til Nyhavn. Han kan stadig ikke
se hende nogen steder. Hun står der stadig ikke.
Ikke der, hvor hun plejer at stå. Heller ikke længere
henne i Nyhavn. Nu er der ved at gå panik i ham. Er
der sket hende noget? Er hun syg? Har hun
problemer med en kunde? Hvad er der galt? Han er
nødt til at finde hende, han kan ikke andet.
Selvkontrollen er væk. Magneten, der trækker i
ham, så han ikke kan eller vil kæmpe imod, er der
igen. Stærkere end før.

Han går ikke og spørger efter hende på en af
beværtningerne. De har ikke set noget hende. Han
går videre til det næste værtshus. Går ind og kigger
efter hende, som om hun havde gemt sig inde i et

hjørne eller en krog af værtshuset. Der er hun heller
ikke. Han tager hele raden af beværtninger, går ikke
og kigger efter hende allevegne, går rundt i
værtshusene og leder efter hende. Spørger efter
hende. Insisterer. Men hun er ingen af stederne.
Folk undrer sig og ryster på hovedet af ham. Men
han ænser det ikke. Går blot videre til det næste
sted. Først på et af de allersidste i rækken af
kælderbeværtninger finder han hende omsider.
Hun er gået på druk sammen med nogle af de andre
ludere, og er allerede plakatfuld. Hun har ikke
tænkt sig at have flere kunder den dag. Han
nærmest tigger og trygler hende. Så trækker hun på
skuldrene og siger, nå ja, okay, men det er til
dobbelt, nej tredobbelt pris i dagens anledning, og så
griner hun en grim og frastødende fuldemandslatter.
Men han går med hende, ude af stand til andet, det
er hurtigt overstået, en temmelig klam og flad
oplevelse. På en eller anden måde lykkes det ham at
få lidt mere hold på sig selv, og det lykkes ham at
virke normal og nogenlunde upåfaldende, da han
kommer hjem til sin kone og børnene. Han får
strikket en forklaring sammen på, at han er blevet
forsinket, og konen accepterer den tilsyneladende,
siger i hvert fald ikke noget til det. Alt virker roligt
og normalt, der er igen styr på tingene. Det er det,
han føler.

Næste dag på arbejdet bruger han en stor del af
tiden på at fortælle sig selv, at hun bare er en dum

luder. En billig, dum luder, der kun er interesseret i pengene. En billig tøs, der ikke er værd at samle på. Som bare har udnyttet ham. Faktisk var hun rigtig grov i munden over for ham dagen før, nærmest som om hun hånede ham og gjorde ham til grin over for de andre piger i sin frastødende brandert. nu har han set, hvordan hun virkelig er, og det er et grimt syn. Hun er bare overhovedet ikke værd at samle på. Det bliver han ved med at sige til sig selv, om og om igen. Heldigvis er der ikke travlt på arbejdet, for han har meget svært ved at koncentrere sig om det.

Men da han skal hjem fra kontoret sidst på eftermiddagen, går han alligevel, som en søvngænger, eller som en marionet, der bliver trukket af en snor, eller som i trance, hen til hendes flise, det sted hvor hun plejer at stå. Og hun står der. Fuldstændig som hun plejede før i går, fuldstændig som ellers, som før, den gode gamle charmerende Connie, der smiler sødt og kærligt til ham og spørger, om det ikke skal være de to, fuldstændig som om alt det i går slet ikke er sket. Og han er fuldstændig solgt. Har fuldstændigt glemt alt det negative, han tænkte om hende hele dagen igennem, da han sad på sit kontor. Han går med hende, og det er som om hun er ekstra sød og kærlig mod ham, så han ville blive hjælpeløst forelsket i hende alene af den grund, hvis han ikke allerede var det i forvejen. Nu er han tilbage i folden igen. Nu har hun totalt snor i ham igen, endnu mere end før.

Og han fortsætter med at komme hos hende hver dag på vej hjem fra arbejde i de næste par måneder. Men efterhånden får han et problem. Det bliver svært at blive ved med at skaffe pengene til at betale for hendes ydelser, der i øvrigt også stiger i pris, efterhånden som hun mærker, hvor afhængig han er blevet af hende. Det kan gå i en periode, men i længden er det svært at skjule så stort et ekstra pengeforbrug, og hans kone er allerede begyndt at undre sig.

Men han fandt en løsning. Det troede han, sagde personalechefen og tog en lille slurk af sin kaffekop, inden han fortsatte:

Og han syntes vist, at det var en rigtigt smart løsning, han havde fundet på problemet. Her i firmaet findes der et legat, som er indstiftet af gamle konsul Frederiksen, der grundlagde firmaet for over 150 år siden. Et gammelt støvet legat, som meget sjældent bliver uddelt. Og som næsten var glemt af alle, selv om der ellers stod en betragtelig formue på dets konti. Men legatbestemmelserne var meget konservative, for ikke at sige direkte restriktive, og også temmelig snørklede, så der var næsten aldrig nogen, der opfyldte betingelserne for at få legatet tildelt. Det var yderst begrænset, hvad der overhovedet kom af ansøgninger, og de få ansøgninger, der kom, blev så godt som alle afvist, fordi alle betingelserne i de snørklede paragraffer ikke var fuldt ud opfyldt. I det hele taget var det gamle legat næsten glemt af gud og hvermand. Og de færreste vidste, at det overhovedet eksisterede, selv her i firmaet. Undtagen kontorchef Jansen, for det hørte nemlig ind under hans ansvarsområde at bestyre legatet.

Så han begynder lige så stille at fuske med legatmidlerne og omdirigere nogle af pengene til sig selv, ja kort sagt, han tager jo af kassen, af legatets konto, eller han låner lidt af kassen, som han bagefter udtrykte det, men han tilegner sig altså pengene og fusker med regnskaberne for legatet, så ingen opdager det. Det går da også godt i næsten to år. Han fortsætter med at komme hos hende nyhavnspige hver dag på vej hjem fra arbejde. Han må jo også have fortalt konen et eller andet om overarbejde. Men på den anden side, så har det med hende luderen næppe taget mere end en halv times tid i det hele, så det med at det var nødvendigt, han blev på kontoret lidt længere hver dag, har han nok fået konen til at tro på.

Nu havde han jo penge nok, for der var som sagt rigelige midler i legatets formue, en fire-fem millioner faktisk. Så han begynder at købe dyre gaver til hende nyhavnspigen, Connie som hun hed, pelse og kostbare smykker og den slags. Men så begik han sin store dumhed. Han inviterede hende med på en luksusferie, til Caribien var det vist. Han må virkelig have været forgabet i hende. De var væk i 14 dage, og jeg ved ikke, hvordan han fik sin kone til at tro på forklaringen om så lang en konference i udlandet, naturligvis ikke i Caribien, men et sted som Tyskland eller Frankrig. Det var vistnok, hvad han forklarede sin kone. Nå ja, det er jo heller ikke sikkert, at hun troede på det. Det kan være, at hun på det tidspunkt begyndte at få sin mistanke bestyrket.

Men han rejste altså med hende Connie til Caribien, og de har nok givet den hele armen. Men problemet var bare, at netop i de 14 dage, hvor de var væk, kom der uanmeldt revision, også af legatet. Det plejede ellers at ske på faste tidspunkter, hvert år i oktober måned, så selv om det var uanmeldt revision, så var alle alligevel forberedt på det. Og nu var det februar, så han troede sig nok sikker. Men i revisorfirmaet havde de netop fået en ny ung og energisk direktør, der ville lave om på de gamle rutiner. Så nu kom de altså virkelig uanmeldt, på et tidspunkt, hvor ingen ventede det, og da slet ikke Jansen. Han havde selvfølgelig regnet med at fuske regnskaberne på plads, så det hele så tilforladeligt ud, inden revisionen plejede at komme.

Der manglede efterhånden et par hundrede tusind, og det fandt revisionen jo hurtigt ud af. Og da der ikke var andre end Jansen, der havde med legatet at gøre, så blev han jo konfronteret med det, da han kom hjem fra Caribien. Det var jo svært at bortforklare, og han brød hurtigt sammen og fortalte det hele som det var. Der var nok heller ikke andet at gøre, for sagen var jo helt oplagt. Jeg ved ikke, hvorfor de ikke meldte ham til politiet, men gamle direktør Iversen havde vist et blødt punkt – nogle ville måske endda sige et hjerte af guld – når det gjaldt folk i nød, så han nøjedes med at afskedige Jansen. Måske ville han også gerne ordne det lidt diskret og undgå en skandale i det hæderkronede gamle firma.

Det var jo sådan set nådigt sluppet for Jansen. Faktisk kan man godt sige, at han havde været utrolig heldig, at han slap så let om ved det. Men nu ventede der et opgør med hans kone, som han naturligvis ikke kunne holde alt dette skjult for. Under et langvarigt natligt skænderi tilstod han det hele over for hende, inklusive sin langvarige utroskab. Og så endda med en simpel nyhavnspige, en luder, som han gennem et par år trofast havde betalt for det hver eneste gang, fnyste hans kone senere, når hun fortalte om det.

Men Jansen ville vel gerne gøre rent bord. Hans kone forlangte naturligvis omgående skilsmisse og fik da også tildelt forældremyndigheden over børnene, der snart var ved at være voksne. Så nu stod Jansen der og havde tabt hele sin gode trygge tilværelse på gulvet. Han var ganske vist sluppet for politi og retssal og fængsel, men han var uden job, uden familie og uden tag over hovedet, for konen havde jo straks smidt ham ud, og havde fået tilkendt huset til hende og børnene ved skilsmissen.

31

Og hvad gjorde Jansen så? Jo, han flyttede såmænd ind hos hende Connie, altså nyhavnspigen, tro det eller lad være, men han flyttede altså ind hos hende i hendes lille usle hummer af en baggårdslejlighed i Nyhavn. Så nu var han blevet fast beboer i Nyhavn og begyndte at komme på værtshusene og lærte at drikke, sådan rigtig seriøst. I begyndelsen syntes han vist, at det var lykken at bo sammen med hende, hans elskede, som det jo faktisk var. Han var jo helt forgabet i hende, hinsides enhver fornuft.

Han havde vist nærmest forestillet sig, at de skulle gifte sig eller sådan noget, og så skulle hun holde op med at trække som luder, og så skulle det kun være de to, i en fornuftig lille lejlighed i et pænt kvarter. Han havde vist virkelig glædet sig til den lyserøde fremtid, han malede op for dem i sin fantasi. Han havde vist også nogle forestillinger om, at han skulle komme som ridderen på den hvide hest og redde hende ud af prostitutionen og skaffe hende en ny og bedre tilværelse sammen med ham. Men det var naturligvis helt urealistisk.

Han havde jo ikke noget arbejde. Nu var det hende, der forsørgede ham. Hans underslæb og hele skandalen var rygtedes i hans egne cirkler, og ingen ville ansætte ham i en betroet stilling. Han forsøgte sig med lidt forskellige jobs, som arbejdsmand og lagerarbejder og taxachauffør og den slags, men det fungerede ikke rigtigt for ham. Egentlig duede han

vist kun til skrivebordsarbejde. Og der var der ingen, der ville ansætte ham.
Så det fortsatte altså med, at Connie blev ved at trække som luder og have adskillige kunder hver dag. Nu var det jo hende, der forsørgede ham med de penge, hun tjente ved at prostituere sig. Jrg tror nok, det gik lidt ud over hans maskuline forfængelighed, og han ville jo også gerne have hende for sig selv, forelsket som han stadig var. Rollen som alfons egnede han slet ikke til. Jeg tror faktisk, han var temmelig jaloux på hendes kunder, alle de mænd, der betalte hende for sex, nu da han havde fået det så tæt ind på livet og det var blevet meget mere synligt for ham. Det var blevet hverdag, og enhver rest af luderromantik var borte.

For det meste sad han og rugede over sin øl nede på et af værtshusene det meste af dagen, for at undgå ligefrem at være hjemme, når hun lå og bollede med en af sine kunder. Det kan man vel egentlig godt forstå. De havde vist aftalt, at han først skulle komme hjem til hende ved midnat, og så var en slags stiltiende aftale, at hun ikke skulle have andre mænd efter det tidspunkt.

Det fungerede vist faktisk også meget i et langt stykke tid, selv om det ikke kan have været særlig spændende for Jansen at sidde på en af beværtningerne hele dagen i selskab med en lunken øl og hvem, der nu tilfældigvis gad høre ham fortælle sin sørgelige livshistorie. Men efterhånden vænnede han sig måske til det, hvem ved. Folk fortæller i hvert fald, at han var temmelig beruset, når han henad midnatstid dinglede hjemad efter en lang dag på værtshuset. Men han havde jo nok brug for noget at trøste sig med. Nå, men så en nat var han kommet hjem til den aftalte tid, endda lidt over, for den var faktisk blevet halv et. Så nu skulle han jo være på den sikre side. Men problemet var, at hun havde fået en meget velbeslået kunde der lige før midnat, vistnok en amerikaner, der overøste hende med penge, og som havde købt hende til at være sammen med ham hele natten mod at give hende et eller andet kæmpestort beløb. Men så kom Jansen jo hjem og fandt dem sammen.

Strengt taget kunne han måske bare være gået ned på værtshuset igen, men han blev så rasende som nogen jaloux ægtemand, der kommer hjem og griber konen på fersk gerning i seng med en fremmed mand. Han havde jo også drukket tæt hele aftenen, og vistnok mere end han plejede, så han var langt fra ædru. Det kan jo også have spillet ind. Men i hvert fald så begyndte han at overfuse dem og bad amerikaneren om at skrubbe ad helvede til med samt alle sine dollars, og skældte Connie ud for alle de værste ting, han kunne komme i tanker om. Det endte vist med direkte håndgemæng, i hvert fald stak han ham amerikaneren et par lussinger, og måske også det, der var værre, så rasende var han.

Og så endte det med, at Connie og amerikaneren i fællesskab smed ham ud.

Han kom tilbage næste dag og undskyldte og bad hende om at tage ham tilbage. Han tiggede og tryglede hende vist nærmest om det, men nu var der lukket for det varme vand. Hun ville ikke finde sig i mere, sagde hun, hun var træt af al hans småtskårne jalousi over for hendes kunder og alle hans forsøg på at lave hende om og gøre hende til en pæn pige. Det gad hun bare ikke. Han måtte respektere, ar hun levede på den måde, hun gjorde, og hun ville i hvert fald ikke finde sig i, at han begyndte at gå amok over for de mænd, hvis penge hun levede af og sim hun også havde forsørget ham med, og hvis ikke han ville det, så kunne han lige så godt skride med det samme.

Men i stedet for at falde til føje og love bod og bedring, fortsatte Jansen med at skælde hende ud. Han havde måske luret, at hun faktisk var blevet rigtig meget betaget af ham amerikaneren, der vist også havde lovet hende guld og grønne skove og en filmkarriere eller noget i den retning. Så det var nok det, der virkelig havde hylet Jansen ud af den, så han fortsatte med at beskylde hende for alt muligt. Det ville hun jo ikke finde sig i, så nu smed hun ham ud én gang for alle.

Den næste uges tid skal hun have hygget sig gevaldigt sammen med den der rige amerikaner, som hun var blevet så imponeret af, og havde vist turet rundt sammen med ham på diverse dyre restauranter og natklubber og hans luksushotel, inden han rejste videre, uden at have indfriet de løfter om alt muligt, som han vist nok havde givet hende. Eller som i hvert fald troede, at han havde givet hende. Men det betød ikke, at hun så senere ville tage Jansen tilbage, selv om han vistnok prøvede en gang til. Men ham var hun færdig med.

Hvad der blev af Jansen efter det? Det ved jeg faktisk ikke. Ingen ved tilsyneladende, hvor han forsvandt hen efter den historie, ud over at han forsvandt fra Nyhavn.

Personalechefen tog piben ud af munden og så på mig.

Nå, sagde han, men nu ved De altså lidt om baggrunden og historien om det legat, som det også bliver en af Deres, om end mindre, opgaver at bestyre – foruden alle de andre og mere væsentlige arbejdsområder, naturligvis. Har De ellers nogen spørgsmål til Deres arbejdsbeskrivelse?

Jeg fortæller dette om Hr. Petersens bedstefar

Jeg fortæller det her om Hr. Petersen og hans kone. Hans hustru, som han har været lykkelig gift med i en længere årrække. Der er ingen grund til at nævne det præcise årstal. Det ville alligevel ikke tjene noget formål. Det er meningen, at det skal være en moralsk og opbyggelig fortælling, der viser, hvor galt det kan gå, når man ikke opfører sig sådan som man burde. Det er slet ikke nogen nem opgave. Især ikke, når denne her historie skal fortælles om nogen, som jeg ikke kender personligt. For det gør jeg faktisk næsten ikke. kun ganske perifert. Det er faktisk kun nogen, som jeg har hørt om gennem nogen, som jeg kender og som har fortalt mig denne her historie om dem, som er så interessant, at jeg synes, den skal viderebringes. Eller så skræmmende, ville man måske snarere sige. Det er jo kun i en god sags tjeneste, jeg her fortæller den videre. Til skræk og advarsel simpelthen.

Men det er som sagt ikke helt nemt. Blandt andet fordi Hr. Petersens kone efter alt at dømme ikke kender den, og hun skulle helst heller ikke komme til det. Det ville være synd. Der er ikke nogen grund til at ødelægge et ægteskab, der nok ikke ligefrem er verdens lykkeligste, men som dog fungerer nogenlunde trods de vanskeligheder, der var for nogle år siden, og som vist endda er blevet lidt bedre her på det seneste.

Så måske skulle vi hellere sige, at den handler om Hr. Petersens far. Men han vil sikkert benægte den fra ende til anden, hvis han hører om den. Og det har han jo sådan set også god grund til, når den slet ikke har noget med ham at gøre. Så jeg tror, vi skal tage den et skridt videre, og sige, at den handler om Hr. Petersens bedstefar. Han er jo for længst død og borte, og det samme er hans bedstemor. Så der er heller ikke noget ægteskab at ødelægge der – hverken et lykkeligt ægteskab eller et ulykkeligt ditto. Så det er nok en meget bedre idé.

Jeg må huske at bede min sekretær om at omredigere og forkorte det her første afsnit, når hun skriver det rent, så det ikke bliver alt for afslørende. Det plejer hun at være ret dygtig til.

Men nu til historien. Den handler altså om Hr. Petersens bedstefar. Hvem Hr. Petersen er, kan i

denne sammenhæng være flintrende ligegyldigt.
Men historien handler altså fra ende til anden først
og fremmest om Hr. Petersens bedstefar. Det kan
fastslås uden skygge af tvivl. Og så naturligvis om
alle de mennesker (eller en del af dem), som han
udsatte for nogle ret krasbørstige genvordigheder.
For nu ikke at bruge et stærkere og mere direkte
udtryk. Men nogle gange kan man godt mildne
førstehåndsindtrykket, så det ikke virker alt for
overvældende på læseren, ved simpelthen at
anvende et lidt gammeldags eller pudsigt udtryk,
som læseren trækker lidt på smilebåndet af, selv om
sagen ellers er alvorlig nok.

Det er jo som sagt en fortælling til skræk og
advarsel.

Og her kommer så selve historien:

Hr. Petersens bedstefar havde et godt og sikkert job
som underordnet kontorist af en slags. Det var vist
som bogholder. Underbogholder, for at være helt
præcis. Det var den officielle betegnelse, for den
stilling, som ham bestred i et dengang ganske
respektabelt handelsfirma. Han var altså ansat hos
en grosserer. I et ganske underordnet job. Hans gage
var derefter. Temmelig beskeden. Hans hustru var
hjemmegående. Det blev det kaldt. Hjemmegående
hustru. I virkeligheden arbejdede hun jo mindst lige
så hårdt derhjemme med alt husarbejdet,
madlavning, børnepasning, tøjvask og så videre, som
han gjorde på sit job. Men husarbejdet var ikke

noget, som Hr. Petersens bedstefar tog del i. Det var der ikke ret mange mænd, der gjorde dengang. Så det var hans hustru, der også kæmpede for at få økonomien til at hænge sammen og få pengene til at slå til i det lille hjem. Det var tit svært at få pengene til at slå til, selv om hun spinkede og sparede. Det gjorde Hr. Petersens bedstefar faktisk også. Selv om det ikke var så vanskeligt for ham, når det var hende, der stod for hele husholdningen og alle de daglige indkøb. Men han havde for eksempel ikke nogen dyre vaner. Han gik ikke på værtshus. Det var der ellers mange mænd, der gjorde dengang. Som gik på værtshus og drak ugelønnen op efter en hård arbejdsuge. Nu var Hr. Petersens arbejde jo ikke så hårdt igen som kontorist, så muligvis var det derfor. Han fik heller ikke ugeløn, men en månedlig gage. Det regnede man dengang for at være lidt finere.

Men han opførte sig faktisk ganske eksemplarisk, hvad al den slags angik. Han kom lige hjem til sin kone med månedslønnen hver måned. Han gik heller ikke til fremmede damer. I hvert fald slet ikke af den slags, der skulle have penge for det. Og vist nok heller ikke ellers. Han var nok det, som mange ville kalde lidt af en tørvetriller. Men dengang var der vist mange kvinder, der var ganske tilfredse med at være gift med en tørvetriller, der havde en respektabel beskæftigelse i et fast ansættelsesforhold, hvor man kunne se frem til at fejre både 25-års og 40-års jubilæum i det samme job, hvis blot man var flittig og pligtopfyldende og aldrig sagde chefen imod. Og samtidig hverken gik på værtshus, drak, spillede, tævede konen eller ungerne og ikke var sin kone utro i noget nævneværdigt omfang. Også selv om manden ikke tog del i husarbejde eller børnepasning og pengene i øvrigt var små, så hendes job med husholdningsregnskabet var næsten mere kompliceret end hans arbejde i grossererfirmaets bogholderi.

Men det var ikke usædvanligt. Der var mange dengang, der sad hårdt i det. Også selv om de – eller i hvert fald manden i huset – havde en pæn og respektabel stilling som underordnet funktionær eller tjenestemand og opførte sig eksemplarisk, hvad al den slags angik. Der var også mange husmødre, der måtte kæmpe hårdt for at strække husholdningspengene, så de rakte så langt som muligt. Så middagsmaden stod tit på restemad, og tøj blev lappet og sokker blev stoppet igen og igen, indtil de næsten ikke kunne holde sammen.

Det var heller ikke ualmindeligt, at de store børns tøj gik i arv til deres yngre søskende, indtil det var slidt fuldstændig i laser. Af en eller anden grund var det alligevel utænkeligt for en pæn gift hustru som Hr. Petersens bedstemor at søge ud på arbejdsmarkedet og få et udearbejde. I hvert fald i middelklassen. Selv den lavere middelklasse. Det var noget, der hørte underklassen til, mente man

41

dengang. Og netop for den lavere del af middelklassen var det vigtigt at markere, at de dog trods alt var hævet over arbejderklassen. Det var deres form for bornert stolthed.

Den eneste luksus, som Hr. Petersens bedstefar tillod sig, var faktisk ret beskeden. Hver gang. Det havde været den første, og han havde sin månedsløn – sin gage – udbetalt, så gik han ud og spiste tre stykker smørrebrød på en lille frokostrestaurant i nærheden, i stedet for at nøjes med sin medbragte madpakke på kontoret, sådan som han plejede. En dag, hvor han var gået hen på den lille billige frokostrestaurant, mødte han en gammel skolekammerat, som han ikke havde set i mange år. Det var en skidt fyr, men det havde Hr. Petersens bedstefar glemt.

Under samtalen ved frokosten tilbød skolekammeraten ham andel i et projekt, der kunne give store indtjeningsmuligheder, uden at det var nødvendigt med pengemæssige investeringer. Det var en stor fristelse for Hr. Petersens bedstefar. Det vidste sig, at det handlede om noget med prostitution. Tøvende gik han med til det. Det var jo ikke noget kriminelt, i hvert fald ikke sådan som skolekammeraten havde fremstillet det. Og Hr. Petersens bedstefar kunne godt bruge et supplement til sin beskedne gage som kontorist.

Skolekammeraten arrangerede det hele. Han havde brug for en helt igennem pæn og respektabel mand som Hr. Petersens bedstefar. I løbet af kort tid havde han tre kvinder til at arbejde for sig. Han fik halvdelen af, hvad de tjente. Han var altså blevet en slags alfons. Men af den pæne slags, sagde han til sig selv. Han behandlede dem jo ikke hårdt. Måske holdt han dem endda borte fra en mere håndhændet og brutal udnyttelse, tænkte han.

Skolekammeraten lærte ham op i alt, hvad han behøvede at vide og kunne for at drive denne nebengeschæft, der snart indbragte mere end hans gage på kontoret, selv efter at skolekammeraten havde fået sin andel af indtjeningen. Det hele gik som en leg. i hvert fald for Hr. Petersens bedstefar. Det var nok betydeligt hårdere for kvinderne.

Hr. Petersens bedstefar var en pæn og respektabel mand, så han soldede ikke pengene op på hverken druk, spil eller damer. Nu som før kom han lige hjem med alle pengene, inklusive dem, han tjente ved sit bierhverv, som han naturligvis ikke fortalte sin kone om. Hun ville bare være blevet ked af det. Så han var nødt til at finde på en anden forklaring på de ekstra penge. Han fandt hurtigt en plausibel forklaring. Han lod simpelthen som om han var blevet forfremmet på kontoret og derfor fik mere i løn.

Efterhånden som årene gik og han fik flere kvinder til at arbejde for sig, måtte han opfinde stadig nye forfremmelser for at forklare de stigende pengebeløb, som han blev ved med at aflevere til sin

43

kone derhjemme. Andet faldt ham slet ikke ind. Han opfandt et helt karriereforløb, hvor han med ret korte mellemrum avancerede til stadig højere og mere vellønnede stillinger, dog stadig på det samme kontor. Skønt han jo i virkeligheden slet ikke blev forfremmet, men vedblev med at være en ganske almindelig underordnet kontorist på noget nær laveste trin.

Det var jo for konens og hjemmets og familiens skyld, at han gjorde det, familiemenneske som han jo var. Det gentog han for sig selv, hver gang han kom lidt i tvivl om det, han var i gang med. Nu blev der råd til nye møbler, et husholdningsbudget, der rakte til hele måneden, og nye kjoler til sin kone, der blev rigtig glad for sin dygtige mand. Efter nogle år kunne de endda flytte fra den lille, trange lejlighed og til en smukt beliggende villa med masser af plads, og en stor have, hvor børnene rigtig kunne boltre sig. Få år senere fik de endda også råd til et dejligt sommerhus ved stranden, og en bil blev der også penge til, og det var bestemt ikke nogen selvfølge den gang for mange år siden.

Fattigdommens svøbe var et overstået kapitel for den lille familie. Godt og grundigt endda. Hans kone blomstrede op og blev gladere for sin mand end nogensinde før. Der gik ikke længe, før hun havde vænnet sig til sin nye luksustilværelse. Nu kunne hun skabe det perfekte hjem for familien og give børnene en god og gavmild opvækst, hvor der ikke blev sparet på noget. De fik ordentlig mad hver dag, og der var ikke længere noget med gammelt brugt tøj, der skulle stoppes og lappes. Der var råd til decideret luksus, noget som hun aldrig havde været vant til tidligere, og som hun derfor nød i fulde drag. Smarte kjoler, frisørbesøg, dyre parfumer, en pelsjakke til de kolde vinterdage.

Men det var alt sammen ikke det væsentligste. Hr. Petersens bedstefar og hans kone – altså Hr. Petersens bedstemor – havde ærlig talt været ved at glide fra hinanden, dengang inden Hr. Petersen mødte sin gamle skolekammerat på den lille frokostrestaurant og havde givet ham den indbringende fidus. Men da Hr. Petersens bedstefar fik set lidt nærmere på de billige, letlevende kvinder, han tjente sine mange penge på, og opdagede, hvor sølle, kolde og kyniske de egentlig var bag den mere eller mindre sexede, men helt igennem kunstige og opstyltede facade, de var nødt til at anlægge for at kunne holde det ud, og hvordan de hurtigt blev mere og mere slidte i betrækket, ikke blot når det gjaldt udseendet, men lige så meget i tanke, ord og handling, og hvor kolde og klamme deres så kaldte kærlighedsydelser var, så begyndte han for alvor – og langt mere end tidligere – at værdsætte sin kone og den hjemlige hygge sammen med hende, alt det, de havde sammen, familielivet og børnene, deres smukke og velordnede hjem, og hans kones varme, ægte og dybfølte kærlighed, som han nu kunne besvare med en oprigtig styrke og overbevisning, som han en overgang havde troet, at han var ved at miste.

Han satte nu i langt højere grad end tidligere pris på sin kones blide kærtegn, de livretter, hun tilberedte til ham i køkkenet, den måde hun plejede ham på, når han var syg eller forkølet, og alle hendes kærlige kys og omfavnelser – alt dette værdsatte han nu på en måde, han aldrig havde gjort før hans møde med prostitutionsverdenen og dens barske, kyniske vilkår, som han ikke tidligere havde haft kendskab til. Det var nok i virkeligheden denne indsigt og denne ændring i hans holdninger, der reddede deres ægteskab. Og oven i købet forøgede den faktisk deres kærlighed til hinanden og bragte deres ægteskabelige lykke op på et højere niveau end de tidligere havde kendt og troet muligt.

Ind i mellem strejfede den tanke ham, at det måske ikke var helt moralsk korrekt at udnytte den efterhånden ret store gruppe af kvinder, der hver dag måtte sælge sig selv og deres krop i en snusket kælderbutiks baglokale eller ved at trække på gaden for at tjene penge til hans og hans families behagelige tilværelse og det styrkede familiesammenhold. Han havde stadig ikke fortalt sin kone sandheden om, hvor pengene stammede fra. Han levede stadig højt på den løgn, han havde bildt hende ind om sit avancement op gennem graderne til en høj stilling på kontoret.

Der var nu gået en halv snes år på denne måde, og hans stilling på kontoret var stadig den samme, nemlig som en underordnet, usselt lønnet kontorist på næstnederste trin. Mulighederne for avancement på kontoret var faktisk ikke ret store for en simpel kontorist, der ikke kendte nogen, der kendte nogen, der havde forbindelserne i orden. Og det gjorde Hr. Petersens bedstefar desværre ikke, så han var nødt til selv at opføre sin som sin egen lykkes smed. Og så til gengæld være lidt ligeglad med alle sine prostitueredes lykke. Det var i hvert fald den undskyldning, han brugte over for sig selv, når et lille hjørne af hans samvittighed en gang imellem trængte sig på, hvad der nu i øvrigt ikke skete overvældende tit.

Og nu var der ingen vej tilbage, tænkte han. Uden de rigelige indtægter fra de prostituerede ville hans lille familie derhjemme blive ruineret. De ville blive nødt til at sælge bilen og sommerhuset og villaen og flytte til en ussel lille lejlighed i et slumkvarter og nøjes med vandgrød og hullede sokker. Bogstavelig talt. Det nænnede han ikke at gøre mod sin egen familie. Ydermere var hans tre børn nu ved at blive store, og takket være de gode indtægter, som han, eller rettere sagt de prostituerede, som han udnyttede, havde skabt til hans lille familie, var der nu mulighed for, at de alle tre kunne læse videre og få en god uddannelse, i stedet for at de straks efter deres konfirmation skulle gå ud af skolen og prøve at få et job som arbejdsdreng eller butikspige. Det

47

var endnu en af hans yndlingsundskyldninger over for sin samvittighed, når den en gang imellem aflagde ham et af sine sjældne besøg.

Sådan gik det tilsyneladende godt endnu et langt stykke tid. I hvert fald i den forstand, at systemet stadig fungerede effektivt og upåklageligt, altså set fra Hr. Petersens bedstefars hjørne af verden. Han holdt stadig fast ved alle de gamle rutiner på sit arbejde. Han undgik omhyggeligt at prale med sin rigdom på kontoret. Han gik stadig klædt i et gammelt, altid velpresset jakkesæt. Han havde som tidligere hver dag en beskeden madpakke hjemmefra til sin frokost. Den eneste luksus, han tillod sig i arbejdsmæssig sammenhæng, var den samme lille beskedne luksus som i starten. Nemlig at han, hver gang det havde været den første i måneden, og han havde fået sin gage udbetalt – i kontanter i lønningsposen, som det var almindeligt dengang – tillod han sig denne ene dag i måneden at gå hen og spise tre stykker af det billigste smørrebrød på den samme lille, beskedne frokostrestaurant som i alle årene.

En sådan dag, hvor han efter sædvane var gået hen på den lille frokostrestaurant hen i nærheden for at fejre sin månedsløn med tre beskedne stykker smørrebrød, løb han igen på den gamle skolekammerat, som han ikke havde haft nogen personlig kontakt med siden dengang for snart mange år siden, for han havde sporet ham ind på den indbringende prostitutionsforretning. Han blev temmelig forbløffet over gensynet. For til hans store overraskelse og undren viste det sig, at skolekammeraten fuldstændig havde ændret sig.

Han var nu helt ude af al den slags med prostitution eller andre lyssky eller moralske angribelige – endsige ulovlige – aktiviteter. Han ernærede sig nu ved ærligt arbejde som vinduespudser, og var meget angerfuld og brødebetynget over sin daværende tilværelse og udtrykte virkelig dårlig samvittighed over det, han havde gjort, da han havde lokket Hr. Petersens bedstefar ind på denne løbebane. Han var jo godt klar over, at ellers ville den pæne kontorist end ikke have tænkt på, at denne mulighed for rigdom overhovedet kunne være inden for hans rækkevidde.

Han undrede sig endda over, at Hr. Petersens bedstefar havde holdt fast ved dette skumle forehavende i så mange år, uden at lade sig korrigere af sin samvittighed. Men påtog sig samtidig det fulde moralske ansvar for at have ledt ham på afveje, hvilket han, da han var blevet klogere, bittert fortrød. Hvad mere var, det virkede som om han virkelig mente det. Han gik så vidt, at han nærmest tryglede Hr. Petersens bedstefar om at stoppe med disse aktiviteter. Han beskrev i gruopvækkende detaljer, hvor ødelæggende det var for de kvinder, der i årevis havde solgt sig selv som prostituerede og ladet sig udnytte og i mange tilfælde var blevet ødelagt på krop og sjæl, var blevet stofmisbrugere eller alkoholikere eller psykisk invaliderede, for at tjene penge til Hr. Petersens bedstefar. Han nævnte en hel række konkrete eksempler på de ulykkelige skæbner, der var overgået mange af kvinderne i dette erhverv og havde ødelagt deres tilværelse.

Alt dette gjorde et dybt indtryk på Hr. Petersens bedstefar. Han var ikke klar over, at det stod så galt til, og blev chokeret over de mange ulykkelige skæbner, der blev skildret for ham på en måde, der bar præg af et indgående kendskab til det. Han kunne ikke bare skubbe sit eget medansvar for det til side. Han havde ellers været så hurtig og så dygtig til at afvise sine sparsomme glimt af dårlig samvittighed, så han aldrig for alvor havde tænkt over den side af det. Det var han nødt til at gøre nu. Han kunne ikke længere stikke sig selv blår i øjnene og fralægge sig sit ansvar. Han besluttede på stedet, at nu skulle det være slut.

Allerede samme eftermiddag, på vej hjem fra arbejde, tog han konsekvensen af sin beslutning. En for en opsøgte han kvinderne og stillede dem frit, som han sagde. De skulle ikke længere arbejde for ham. Han ville ikke længere udnytte dem og tjene penge på deres hårde skæbner. De skulle ikke længere aflevere så meget som en rød øre til ham. Hans tid som alfons, der udnyttede kvinders prostitution og elendighed, var endegyldigt forbi. Han beklagede dybt, at han havde været så længe om at indse det forkerte i det, og opfordrede dem indtrængende til at finde sig et andet og bedre, sundere og mere acceptabelt erhverv, som ville være langt bedre for dem selv. Og så gik han ellers derfra med løftet hoved og en lille spirende stolthed over sin nyvundne højere moral. Mens de pågældende kvinder stod undrende tilbage og spurgte sig selv og hinanden, hvad der dog gik af manden.

Hr. Petersens bedstefar tog glad i sindet og let om hjertet hjem til sin kone og børnene. Samme aften, efter aftensmaden, mens børnene sad på deres værelser og lavede lektier, tog han det næste skridt på sin nyvundne moralske løbebane. Han tilstod omsider over for sin kone, hvordan det hele hang sammen. Hun blev forfærdet over det, hun hørte. Forfærdet over hans årtier lange omhyggeligt udtænkte løgne og bedrageriske forklaringer over for hende. Og endnu mere forfærdet, da det for alvor – efter at han havde måttet gentage nogle af forklaringer flere gange for at overvinde hendes vantro og forbløffelse – gik op for hende, hvorfra pengene bag deres velstand stammede. Hun kunne ikke bære tanken om, at familiens lykkelige tilværelse havde været baseret på andres udnyttelse og fordærv.

Det varede en uges tid, før hun var kommet sig så meget over chokket, at hun var i stand til at foretage sig noget som helst. Alle mandens bønner om forståelse gjorde blot det hele værre. Endnu et par dage efter forlangte hun skilsmisse.

Hans beskedne løn som kontorist kunne slet ikke dække udgifterne til familiens nuværende livsførelse. Bilen var det første, der blev solgt, men indbragte ikke meget som brugt og allerede en del år gammel. Sommerhuset blev sat til salg, kunne ikke sælges, og røg på tvangsauktion. Konen fik af kommunen tildelt en lille lejlighed i et socialt boligbyggeri. Det var også hende, der fik børnene. Nu var det slut med at være hjemmegående eller hjemmearbejdende husmor. Hun fik arbejde på en fabrik. Men selv om hun også knoklede med morgenrengøring og trappevask, var det svært at få pengene til at slå til. Det var det for mange dengang, og altså også for hende. De halvvoksne børns uddannelse blev stillet i bero. Så snart de var færdige med grundskolen måtte de ud at arbejde for at supplere familiens sparsomme økonomi.

I en kort periode boede Hr. Petersens bedstefar alene i villaen. Så gik også den på tvangsauktion. Alene renter og afdrag på kreditforeningslånene og de private pantebreve, der var almindelige dengang, oversteg langt hans løn som underordnet kontorist. Også på andre områder måtte han tage konsekvensen af sine handlinger. Det kunne nok ikke undgås, at kontorchefen også fik at vide, hvad der var foregået, og så blev Hr. Petersens bedstefar omgående fyret fra sin stilling som kontorist. Hans blakkede fortid som alfons kunne ikke skjules, heller ikke andre steder i byen, og derfor ville ingen ansætte ham som kontorist.

Han boede en overgang til leje i et lille kælderværelse inde i en baggård. Han søgte alle mulige ufaglærte jobs, men blev ikke ansat nogen steder. Han var spinkel af bygning og havde skæv ryg. Man kunne se på ham, at han ikke var vant til hårdt fysisk arbejde. Han var heller ikke længere helt ung. Efter at han et stykke tid havde gået arbejdsløs, var han ved at blive overmandet af fortvivlelse. Han havde som kontorist aldrig stået i fagforening, for den slags brød grossereren, der ejede firmaet, sig ikke om. Så han kunne ikke få nogen understøttelse. Det begyndte at knibe med overhovedet at kunne blive boende i det usle kælderværelse inde i baggården.

En dag opsøgte han en af de kvinder, der i sin tid havde arbejdet for ham som prostitueret. Men hun havde allerede fundet en ny alfons, så hun afviste ham uden videre. Det samme gjorde de andre, da han en efter en opsøgte dem. Ingen af dem ville vide af ham. Den allersidste af dem hed Tessa. Hun var både fordrukken og på stoffer og kendt for sit hidsige temperament, men efter en længere diskussion med både tryglen og trusler, lykkedes det ham at overtale hende til at begynde at arbejde for ham igen. Så havde han da trods alt den indtægtskilde.

53

Snart efter kunne man hver dag se ham sidde på et af gadens værtshuse i stadig mere beruset tilstand, mens han lirede sin faste remse om sin ulykkelige skæbne af til enhver, der gad høre på det. Når han da ikke skændtes med Tessa om at få hende til at tage nogle ekstra kunder og tjene nogle flere penge til ham.

Det var jo meningen, at det her skulle være en opbyggelig fortælling. Det var det, der var min hensigt, da jeg i sin tid begyndte at skrive på den. Men der er løbet meget vand i stranden og sket mange ting siden dengang. Jeg må også hellere tilstå, at jeg faktisk har løjet over for læserne. Men jeg vil nu tillade mig at kalde det en nødløgn. Eller en hvid løgn i hvert fald. Det var jo noget, jeg gjorde for at prøve at skåne hans kone for den barske sandhed, men alligevel berette historien om Hr. Petersens bedstefar til skræk og advarsel for læserne. Men det er jo i virkeligheden ikke Hr. Petersens bedstefar, den handler om. Det er jo selvfølgelig Hr. Petersen selv. Det var jo den lille løgn, jeg fandt på for at tage lidt hensyn og prøve at skåne hans kone. Det er jo flere år siden nu, at jeg begyndte at skrive på den her fortælling. Det var inden, ballonen revnede, så at sige. Inden Hr. Petersen for anden gang mødte sin gamle skolekammerat på den lille frokostrestaurant og overbeviste ham om, at det var noget helt forkert, han var i gang med. Dengang Hr. Petersens kone

stadig levede i lykkelig uvidenhed om, hvorfra
pengene til familiens velstand stammede.

Men så gik jeg i stå med skrivningen af denne her
historie, fordi jeg havde travlt med mange andre
opgaver. Der gik faktisk flere år, hvor den bare lå
halvfærdig i en bunke mellem nogle andre
skriverier. Og i mellemtiden blev den så overhalet af
udviklingen. Alt det, der derpå skete hurtigt efter
hinanden, alt det med hans ændrede holdning til
det, hans tilståelse over for konen om, hvordan det
hang sammen, familiens ruin, skilsmissen og så
videre, kom virkelig bag på mig. Det var slet ikke
noget, jeg havde set komme. Jeg fik travlt med at
skrive fortællingen færdig for at få den nye,
overraskende udvikling med. Og nu er der jo ikke
længere nogen grund til at påstå, at det ikke er Hr.
Petersen, mens hans bedstefar, den handler om. Så
det beklager jeg over for læserne.

(Jeg må se at få min sekretær til at rette det her lidt
til, når hun kommer tilbage fra ferie).

(Nej! Det er ikke rigtigt! Eller jo, det er jo det, det er.
Hun er strandet på det der feriested på grund af
noget rod med flyafgange og alt det der virus. Så
hun kommer nok ikke hjem de første par uger. Og
forlaget rykker igen for at få manuskriptet. Nu
forlanger de at få det senest i overmorgen, ellers

55

dropper de udgivelsen, for ellers ryger deres tidsplan for udgivelsen, og så kan den ikke nå at komme med i julehandelen. Det var da også kattens! Nej! Nej! Hvorfor troede jeg, det var tirsdag i dag, når det er onsdag?! Nu bliver jeg jo nødt til at

En fortælling om Jørgen og Jørgine

Nå, og hvad så? Skal vi have en ny historie, eller skal vi hellere tage et stykke kage til? Hvad, er der ikke mere kage? Har de allerede spist det hele? Jamen, så lad os få en historie i stedet for. Den om onkel Jørgen.

Og så måtte jeg jo i gang med at fortælle, selv om jeg ikke var så meget for det. Det var en af dagene i påsken, og der var mange, der kedede sig. Men der var nok ikke nogen vej uden om, og så gik jeg i gang. Det var naturligvis efter den affære med syltetøjet. Men den er for pinlig, til at jeg vil omtale den her. Nu var det selve historien om Onkel Jørgen, det drejede sig om, og kun den.

Onkel Jørgen var på mange måder en hædersmand. Det er hævet over enhver tvivl. Men selv en hædersmand som Onkel Jørgen kunne være uheldig og komme til at begå nogle små fejltagelser. Som man ville have kaldt det, hvis det havde været en af alle de andre. Sådan er det sikkert mange steder. Sådan var det i hvert fald i min familie. Ofte kunne det være besværligt med Onkel Jørgens fejlhandlinger. Undertiden direkte plagsomt for dem, det gik ud over. Men der er vel noget, der hedder familiesolidaritet. Det var der i hvert fald dengang. I udstrakt grad endda, og det var alle familiens medlemmer godt klar over. Inklusive Tante Jørgine. Det skulle Onkel Jørgen nok sørge for. På det punkt svigtede han aldrig, uanset hvad han så ellers havde gang i. det kunne man være sikker på.

Om man så vækkede ham klokken halv fem om natten efter at han havde været på druk tre dage i træk, så var der ingen slinger i valsen på det punkt. Måske var det også det, der var med til at holde ægteskabet med Jørgine på plads. Jørgine, eller Tante Jørgine, som vi altid kaldte hende, var naturligvis gift med Onkel Jørgen. Hvordan kunne hun være andet med det navn? Som vi spøgefuldt plejede at sige. Men hun var virkelig en hustru af den gamle skole. En loyal og altid hjælpsom kvinde, der ubetinget bakkede sin mand op, uanset hvad, og uanset, hvilke ulykker, han nu havde lavet. Som altid var der for ham, næsten uanset, hvad han havde foretaget sig og hvor groft, han nogle gange behandlede hende. Hun havde indstillet sig hundrede procent helt og aldeles på altid at spille anden violin i forhold til Onkel Jørgen. Så meget, så selv hendes navn, Jørgine, bare var en variant af hans navn. Det var pointen med vores bemærkning, som vi naturligvis kun ytrede, når ingen af dem var i nærheden. Så meget kunne vi få ud af et tilfældigt sammenfald af navne. Men det må have været fordi vi ikke havde så meget andet at gå op i. der var jo ikke så meget underholdning dengang.

Men i virkeligheden var det faktisk Onkel Jørgen selv, der havde lanceret denne lille vits, eller hvad man nu skulle kalde det, engang ved en fest, hvor han havde været mere fuld end normalt. Og siden hen gentog han den ofte, når han skulle præsentere sin kone for nye mennesker, eller for nogle, som han i en overrislet tilstand havde glemt, at han faktisk havde mødt før og omhyggeligt havde præsenteret hende for. Og så havde alle vi andre i familien taget den fjollede bemærkning til os, sådan som vi så tit gjorde med Onkel Jørgens mere eller mindre mærkelige bemærkninger, selv om de nu her bagefter kan lyde som det rene vrøvl, som slet ikke fortjente at blive gentaget.

Tante Jørgine kom efterhånden til at hade denne fjollede lille vits om sit navn. Så meget syntes hun nu ikke selv, at hun bare var et vedhæng til Onkel Jørgen, og så latterligt syntes hun nu ikke, at hendes navn var. Men hendes mening gjorde ikke rigtig fra eller til. Det gjorde den slags sjældent overfor Onkel Jørgen. Og det gjaldt ikke bare overfor hende, men også overfor alle andre. Sådan helt generelt. Onkel Jørgen var en mand, der hvilede i sig selv, og ikke lod sig anfægte af noget. Det kan man vist roligt sige. Det er vist nærmest en underdrivelse.

Ingen forstod vist rigtigt, hvorfor hun i sin tid havde giftet sig med Onkel Jørgen, og endnu mindre, hvorfor hun blev hos ham, selv efter at de tre børn for længst var fløjet fra reden, som hun altid sagde. Jeg tror, hun savnede dem. De havde alle tre mere eller mindre slået hånden af dem, nok først og fremmest af Onkel Jørgen, eller havde i hvert fald sørget for at bosætte sig så langt væk, at afstandene var for store til at ses andet end ved sjældne lejligheder. Det tror jeg var rigtig hårdt for hende. Det var jo ikke hende, de gjorde oprør mod på den måde. Og nu var hun alene med Onkel Jørgen og alle hans særegne udgaver af en helt overordentlig stor og vildtvoksende selvtillid.

Nogle ville sikkert have kaldt det for selvovervurdering, selvgodhed, eller at han var alt for selvfed. Men ikke Onkel Jørgen selv. Hans kæmpestore selvtillid var til dels baseret på en manglende fornemmelse for, hvordan han virkede på andre, og hvordan andre opfattede ham. Så han ville aldrig selv have fundet på at sætte spørgsmålstegn ved det. Og heller ikke Tante Jørgine. Hun satte åbenbart heller aldrig spørgsmålstegn ved hans måde at være på, men accepterede det uden forbehold. Hun havde vigtigere ting at tænke på. Og at tage sig af, ikke mindst. For det var nemlig ikke altid let at håndtere Onkel Jørgen, når han havde fået en tår over tørsten. Naturligvis nøjedes han jo ikke bare med en enkelt tår. Det ville have været fuldstændigt i strid med hans natur, og det var alle selvfølgelig godt klar over. Alligevel var dette eufemistiske udtryk, denne underdrivelse, der næsten altid blev brugt om det i familien, og det udtryk, som han selv foretrak.

Onkel Jørgen var jo ikke pr. definition noget ondt og grusomt menneske, sådan som udenforstående måske kunne forledes til at tro.

Ikke ifølge hans egen definition i hvert fald. Og jeg behøver vel næppe nævne, at den pudsigt nok faldt sammen med den, som vi alle sammen gav udtryk for, når vi mødtes til familiefødselsdagene og de andre højtidelige anledninger, hvor ingen havde lyst til at sige nej tak til Onkel Jørgens indbydelser, som han med rund hånd strøede omkring sig, hver eneste gang, der var et eller andet, der kunne fejres. Her havde han, måske ikke særligt overraskende, en af sine stærke sider.

Denne kombination af hele familiens samlede og uforbeholdne hyldest, og de nærmest uendelige mængder af alkoholiske drikke, som han altid formåede at få indkøbt til disse hyppige familiefester, uanset hvordan hans egen og de andres økonomi så ellers så ud, var simpelthen en fristelse, han ikke kunne modstå. Ikke fordi han var et viljesvagt menneske. Tværtimod, kunne man nok snarere sige. For kendsgerningen var snarere, at på det punkt var der vist ingen i familien, der ville kunne eller ville prøve at måle sig med ham. At prøve kræfter med ham, var jeg lige ved at komme til at sige.

I hvert fald ikke før han, efter flere årtiers høflige forespørgsler til hans helbred og vitalitet, omsider fyldte 90, og, som nogle af de kvikkeste og mest uforfærdede medlemmer af den yngre generation spøgefuldt sagde, "var blevet lidt mere blid og poetisk i mælet". Ja, det var sandt at sige et ret underligt udtryk at bruge, når det gjaldt Onkel Jørgen, men det var nu den måde, det på det tidspunkt var muligt at få det sagt på. Der var jo ikke nogen, der ønskede at fornærme den gamle mand, endsige gøre ham ked af det.

Den slags havde aldrig tjent noget formål i forbindelse med Onkel Jørgen, men havde altid bare ramt tilbage på den, der havde været formastelig nok til at forsøge sat gøre det, eller som måske bare i ren klodsethed var kommet til at gøre det ved en fejltagelse. Det forekom nemlig undertiden også, især når nye mennesker, der kom ind i damilien udefra, for eksempel ved giftermål, skulle lære Onkel Jørgen at kende og ikke mindst lære at omgås ham. Sådan var det stadig, selv da han passerede de 90. Mere affældig var han altså heller ikke, selv om alderens skrøbeligheder selvfølgelig begyndte at gøre sig gældende også hos ham.

Om noget gjorde det ham blot endnu mere irritabel og nærtagende over for den mindste

antydning af noget sådant. Så nu skulle man
passe endnu mere på, hvad man sagde til ham,
hvad man glemte at sige til ham, som han gerne
ville høre, og ikke mindst, hvordan man sagde
det, ikke blot med hensyn til ens ordvalg, men
også – og i stigende grad – når det gjaldt ens
tonefald, mimik og så videre. Han var en sand
mester i at spore, om man nu også mente det
helt oprigtigt, når man sagde noget pænt til
ham, og det kunne godt gøre det vanskeligt,
hvis man nu ikke rigtig syntes, at der var ret
meget pænt at sige og han alligevel forventede
at man gjorde det.

Men den, vi virkelig beundrede, var Tante
Jørgine. I al hemmelighed, naturligvis. Men jeg
bilder mig ind, at hun godt forstod, at vi forstod
hende, uden at der nogensinde blev talt et ord
om det. Sådan er det nogle gange med de
virkelig seje kvinder af Jørgines type, tror jeg.
Det skete da af og til, at vi vred vores hjerner
for at finde en måde, hvorpå vi kunne udtrykke
vores beundring for hende. Og vores
påskønnelse af den indsats, hun gjorde for at
Onkel Jørgens ve og vel og for i det hele taget at
holde ham kørende og i nogenlunde
funktionsdygtig form. Uden hende ville han
højst sandsynligt bare have været en helt

almindelig cykelsmed, skraldemand,
lagerarbejdet og så videre og så videre – for nu
at nævne nogle få af de jobs, han faktisk bestred
– eller i hvert fald prøvede at bestride – i de
perioder, hvor han havde arbejde. Det var der
nemlig også en hel del perioder, hvor han ikke
havde.

Goderne er nu engang ulige fordelt her i verden,
og Onkel Jorgen havde ikke nogen medfødte
evner for at kunne holde på et job ret længe ad
gangen. Og desværre havde han ikke i løbet af
tilværelsen lært eller erhvervet sig nogen evner
i den retning. Selv om han tit var ret dygtig til
besnakke sig til et job, også selv om han i
virkeligheden ikke havde kendskab til det fag
eller arbejdsområde og aldrig før havde
beskæftiget sig med det før. Det var igen hans
mildt sagt kæmpestore selvtillid og tro på sig
selv, der gjorde ham til af en mester i at
besnakke sig til alt muligt. Ikke så få gange har
han simpelthen bluffet sig til et job, som han
efter kort tid viste sig at være nærmest
fuldstændig uduelig til.

Det betød jo så også, at han fik mange
arbejdsløshedsperioder ind i mellem. Men de
varede som regel ikke så længe, får han igen fik
besnakket en eller anden godtroende

håndværksmester eller lille fabrikant eller butiksejer, eller hvad det nu kunne være, til at ansætte ham, ofte til en overraskende høj løn, i hvert fald i forhold til, hvad de fleste af os andre i mere almindelige, faste jobs tjente dengang. Så hans arbejdsliv og erhvervskarriere, hvis man kan kalde den det, var ret meget ligesom en rutsjebane, hvor det gik op og ned og op og ned. Men sådan var det bare, og det måtte alle affinde sig med. Det må have været ret hårdt for Tante Jørgine, der aldrig rigtig vidste, om den næste måned blev en måned med vild luksus – som Onkel Jørgen naturligvis selv stod for – eller om det pludselig blev en måned, hvor der skulle spinkes og spares på alting, og hvor husholdningspengene måtte strækkes næsten helt ud over det muliges kunst. Men på en eller anden måde fik hun det altid til at hænge sammen alligevel, så de i hvert fald fik mad på bordet hver dag. Det var også hende, der sørgede for at de forskellige regninger på de faste udgifter blev betalt, og næsten altid til tiden. Hvis det havde været Onkel Jørgen der skulle have sørget for det, ville de for længst være blevet blacklistet i Ribers (som registeret over skyldnere hed dengang) og være blevet sat ud af lejligheden på grund af huslejerestance.

Onkel Jørgen var desværre ofte udsat for uheld, når han skulle omgås andre mennesker. Ikke så meget inden for familiens kreds. Ja, faktisk så godt som aldrig der. Her havde han styr på tingene som hele den store og vidtforgrenede families ukronede og uanfægtede overhoved. Her havde han med ganske få undtagelser altid heldet med sig i sin udlægning og sin fortolkning af tingene. Men når han bevægede sig uden for familiens rammer, så skiftede billedet desværre kun alt for ofte til noget, der var langt mindre gunstigt for ham.

For eksempel på de utallige arbejdspladser, han i tidens løb frekventerede, eller forsøgte at frekventere. Ofte gik der kun nogle få dage, før han var så uklar at rage uklar med en af de andre medarbejdere, der var dum nok eller uintelligent nok til ikke at være enig med Onkel Jørgen og ikke dele hans opfattelse af, hvordan tingene burde være, og hvordan arbejdet skulle foregå. Og så taler jeg endda ikke engang om de jobs, som han slet ikke var kvalificeret til. Desværre gjaldt det også i jobs, som han sagtens kunne bestride rent arbejdsmæssigt. Men han sine egne faste meninger om stort set alting og havde ingen respekt for faste rutiner eller vedtagne måder at gøre tingene på. Det gjorde det ofte svært for ham at tilpasse sig forholdene på en ny arbejdsplads.

Undertiden skete det allerede den første dag, han var begyndt på et nyt job, som han ellers ventede sig meget af (det gjorde han næsten altid). Ikke sjældent var det endda så uheldigt, at det var sjakbajsen eller værkføreren, der ikke rigtig forstod Onkel Jørgens syn på sagerne, herunder hvordan arbejdet skulle udføres, hvem der skulle lave hvad, hvorfor de andre medarbejdere enten var så dovne, eller hvorfor de var de rene morakkere, og om ikke sjakbajsen eller værkføreren var bare en lille smule ukvalificerede til at varetage deres job, hvilket Onkel Jørgen da meget gerne ville hjælpe dem med, for han vidste nemlig lige præcis, hvordan den aktuelle arbejdsopgave skulle udføres, og tit ofte også, hvordan den generelle arbejdstilrettelæggelse kunne gøres på en helt anden og langt bedre måde.

Disse uheld medførte desværre tit, at Onkel Jørgen meget hurtigt måtte forlade det nye job og den nye arbejdsplads igen. Det var – som han selv gjorde opmærksom på – naturligvis urimeligt og uretfærdigt ud over alle grænser, hvilket vi skyndte os at give ham ret i for at høre på alt for mange jeremiader og beklagelser over det. Det var jo så selvindlysende, at han var blevet uretfærdigt behandlet, så han ikke engang behøvede at komme med nogen videre argumenter for at overbevise os, så vi alle sammen også udmærket og helt igennem kunne forstå det og gav ham i det.

Det var således ikke nogen let skæbne, der var blevet tildelt hverken Onkel Jørgen eller Tante Jørgine. Vi sørgede altid omhyggeligt for at nævne det i den rækkefølge. Bare for en god ordens skyld. Nogle ting bliver nemmere efterhånden som man lærer at gøre dem på rygmarven, helt automatisk, uden at tænke for meget over dem. Det var måske også derfor, at nogle af os ind i mellem var forholdsvis populære hos Onkel Jørgen.

Men alle disse genvordigheder, som Onkel Jørgen blev udsat for, krævede naturligvis også en ekstra indsats fra Tante Jørgines side. Når Onkel Jørgen havde været så uheldig at miste et job efter ganske kort tids ansættelse, blev han altid ramt af en dyb sorg over verdens uretfærdighed. Derfor var han nødsaget til at søge trøst hos mindst en, undertiden flere, af de bodegaer og små brune værtshuse, der altid lå på hans vej hjem fra hvor som helst. Eller i hvert fald på en eller anden måde kom til det.

Og når han så endelig, ud på de små timer, eller næste morgen, når værtshuset lukkede, kom hjem til Jørgine, der havde siddet oppe og ventet på ham hele natten, så havde han om muligt endnu mere brug for at blive trøstet. Og Jørgine leverede det, han trængte til, hver gang og med usvigelig sikkerhed.

Vi var efterhånden alle sammen blevet yderst veltrænede i at forstå Onkel Jørgen og hans situation. Ikke blot på dette punkt, men også på alle de andre punkter, der måske kunne have virket svært forståelige og problematiske at håndtere for mere uerfarne sjæle. Men vi havde jo efterhånden fået en vis øvelse i det. Uanset hvor selskabeligt overrislede, eller ligefrem berusede, nogle af os ind i mellem blev til nogle af de store familiefester, så forstod vi altid at holde masken hundrede procent. Ja, mere end det, også at holde den strålende højglanspoleret med lige netop den specielle glans, som vi vidste, at han foretrak. Lige indtil dengang med syltetøjet. Jeg bryder mig egentlig ikke om at nævne det, men det er nok nødvendigt for at forstå, hvad der videre skete.

Onkel Jørgen havde på det tidspunkt passeret de 90 og alderen havde naturligvis sat sine spor, selv om det ikke var noget, man talte højt om,

når han var i nærheden. Og faktisk heller ikke
ret meget ellers. Men denne her episode, den
med syltetøjet, den udspandt sig ved hans 92
års fødselsdag. Et af hans utallige tipoldebørn,
som han, trods sin høje alder, altid kunne kende
forskel på, og derfor også behandlede vidt
forskelligt, ud fra hvem, der var hans favoritter,
og hvem, der ikke var det, havde fået den
tossede idé, at Onkel Jørgen var blevet tunghør
i sin høje alder.

Det var en fundamental fejltagelse. Det
formastelige tipoldebarn var en ellers ret kvik
og opvakt gut på en 11-12 år, der sandelig ikke
lod sig imponere af nogen eller noget. Han hed
Kenneth. Jeg kan faktisk godt forestille mig, at
han minder en hel del om, hvordan Onkel
Jørgen selv har været i den alder. Han sad kun
tre pladser fra Onkel Jørgen, festens
hovedperson. Og han kom for skade at gøre sig
lystig over den specielle form for hybenkompot,
som Onkel Jørgen hvert eneste efterår i de 62
år, han havde været gift med Jørgine, havde
tilberedt som sit store nummer og som sit
eneste bidrag til madlavningen og
husholdningen, som det ellers udelukkende var
Jørgine, der stod for.

Det var med andre ord selve Onkel Jørgens store, fantastiske specialitet, den helt særlige hybenkompot over alle andre hybenkompotter, som han gjorde sig lystig over. Ydermere dannede denne hybenkompot basis for den berømte hybensnaps, som han vinteren igennem trakterede samtlige voksne besøgende i huset med, og som ingen endnu havde turdet sige nej til.

En helt udenforstående person, med eller uden kokkeuddannelse, men i hvert fald uden nogen tilknytning til vores familie, ville muligvis have ymtet noget om, at Onkel Jørgens opskrift ikke ubetinget var helt vellykket. Men det mente Onkel Jørgen selv den var, og det var godt nok til os. Jeg tror godt, jeg kan sige, at enhver af os omgående og med fuld styrke på temperamentet have erklæret sig lodret uenig med enhver, der vovede at fremsætte så ærekrænkende en påstand, uanset om vedkommende så var køkkenchef på en trestjernet Michelin-restaurant. Af alle de sædvanlige grunde, simpelthen.

Men som sagt, dette vanartede tipoldebarn gjorde sig lystig over selve Onkel Jørgens hybenkompot overfor sin borddame ved festbordet, en jævnaldrende halvkusine, som han meget gerne ville gøre indtryk på. Tipoldebarnet, som jo altså hed Kenneth, havde været naiv nok til at stole på de rygter, der af og til verserede om Onkel Jørgens tunghørhed. Men naturligvis, fristes man til at sige, havde Onkel Jørgen hørt hvert et ord, og reagerede derefter. Det er nok ikke for meget sagt, at fødselsdagsfesten, efter et kort mellemspil med en lang og skræmmende reprimande, der haglede ned over den ulykkelige unge knægt, gik noget i opløsning, eller i hvert fald ikke længere helt lignede nogen tidligere fest indenfor familien. Jeg vil undlade yderligere forsøg på at beskrive den usandsynlige situation, der opstod. Det ville alligevel næppe komme til at virke troværdigt.

Men i den følgende tid, altså i ugerne og månederne efter festen, var det, som om denne begivenhed havde gjort et større indtryk på Onkel Jørgen, end man måske skulle have forventet ud fra den øvrige beskrivelse af hans væremåde, karakter og personlighed. Det var som om han faldt lidt sammen og blev mere krumrygget og stivbenet og virkede mere plaget af sin alder, end man tidligere havde lagt mærke til. Og Tante Jørgine kunne slippe af sted med at give ham ret i det, han sagde, uden at anstrenge sig nær så neget som tidligere for at virke overbevisende. Det var simpelthen, som om han var faldet af på den.

Onkel Jørgen blev 96. Vi følte alle med Tante Jørgine, da han døde efter en plagsom sygdomsperiode. Nu var tiden kommet, hvor vi kunne vise hende vores sympati uden forbehold eller omsvøb. Nu kunne vi vise hende den beundring, vi oprigtigt følte for hende og den måde, hun havde håndteret Onkel Jørgen og alle hans vanskeligheder på gennem de mange år, de havde været gift.

Der var næsten ingen grænser for de rosende ord, taler og sange, vi hyldede hende med, og vi mente hvert et ord. Det forstod hun også godt. Hun var på det tidspunkt 95, et år yngre end Onkel Jørgen. Vi undte hende af vores fulde hjerter et velfortjent otium oven på de mange anstrengende år med Onkel Jørgen, mens vi i al hemmelighed spekulerede på, hvordan hun skulle kunne klare sig uden ham, for det var naturligvis ham, der havde bestemt alting der i huset. Men vi sagde ikke noget til hende om det. Det nænnede vi ikke.

Tante Jørgine tøvede dog ikke ret længe med at begynde at indrette sig på sin nye tilværelse.

Der skulle naturligvis ryddes op i alle Onkel
Jørgens gamle ting, og vi tilbød beredvilligt
vores hjælp. Det viste sig hurtigt, at vi blev i
arbejde i lidt højere grad, end vi havde ventet.
Men nå ja, tænkte vi, det var jo egentligt kun
godt, at Tante Jørgine ikke havde ladet sig slå
fuldstændig ud, men stadig havde lidt mod på
at nyindrette huset ud fra sine egne behov.
Måske var hun alligevel ikke blevet helt så
kvast af alle årene sammen med Onkel Jørgen,
som vi havde frygtet.

Så vidt, så godt. Vi blev dog en smule
overraskede, da hun resolut bad os køre
samtlige Onkel Jørgens efterladenskaber på
lossepladsen uden nogen særlig gennemgang af
de enkelte effekter, bare sådan rub og stub, og
helst så hurtigt som muligt. Ugen efter havde
hun selv ringet og bestilt håndværkere til en
renovering og nymøblering af ikke blot
dagligstuen, men det meste af huset. Det var
der, vi begyndte at ane, hvor det bar hen.

I løbet af blot et par måneder fik Tante Jørgine
etableret sin nye position som familiens
overhoved på en lige så overbevisende måde
som Onkel Jørgen. Ja, jeg tøver ikke med at
sige, på en endnu mere overbevisende måde.
Det var uden tvivl baseret på en blanding af den

samme udefinerbare og ukommenterbare udstråling som Onkel Jørgen havde haft, og en tilbundsgående forståelse af den respekt, sympati og beundring, vi alle havde hyldet hende med som tak og anerkendelse for hendes indsats i forhold til Onkel Jørgen.

I den næste årrække var vi om muligt endnu mere enige med Tante Jørgine i alt vedrørende familien, end vi nogensinde havde været, når det gjaldt Onkel Jørgen. Jeg vil ikke sige, at hun regerede familien med hård hånd, slet ikke. Og jeg vil slet, slet ikke drage nogen sammenligninger med en type som for eksempel Stalin eller ham der i Nordkorea. Overhovedet ikke. Det er der ingen i familien, der vil, det tør jeg godt sige.

Selv ikke nu her bagefter, flere år efter, at vi bragte hende vores allerstørste og mest dybtfølte hyldest ved noget, der kun kan sammenlignes med en statsbegravelse. Hun blev 105, og det er stadig, om ikke hendes person, så hendes ånd, der regerer familien. Jeg har ofte ladet mig fortælle, at der i vore dage ikke findes mange mennesker, der tåler sammenligning med Onkel Jørgen, og da slet ikke med Tante Jørgine. Denne oplysning, vil jeg slet ikke knytte nogen kommentarer til. Jeg lader den blot stå som en ren og skær konstatering.

På Kontoret For Glemte Sager

Vi nusser med papirer, det gør vi skam, når vi
ikke har andet at lave, og også lidt ellers. Sådan
som man nu gør det på alle fornuftige kontorer.
Det er ikke fordi vi er dovne her i butikken, her
på værkstedet, her på kontoret, eller her i
labyrinten, eller hvad folk nu kalder stedet her
af forskellige sjove navne. Det er skam ikke
småting, vi har hørt af den slags i årenes løb.
Det sker jo, at der kommer kunder her på
kontoret. Selv ikke det bliver vi forskånet for.
Og de er bestemt ikke lige nemme at have med
at gøre alle sammen.

Det er naturligvis Kontoret For Glemte Sager,
jeg taler om, hvad ellers? Men det er det skam.
Det havde jeg nær glemt at nævne. Men det gør
egentlig heller ikke så meget vel? Vi behøver jo
ikke at gøre noget stort nummer ud af det, vel?
Eller ligefrem tale højt om det. Det er der slet
ingen grund til. Det gør vi faktisk kun ret
sjældent her på Kontoret For Glemte Sager.

For det meste er her faktisk ganske fredeligt, for vi har glemt, hvordan man skændes. Hvordan man skælder ud. Vi har andre måder at gøre det på. Vi hvisker kun til hinanden. Det er også meget nemmere, så slider man ikke så meget på stemmebåndene. Skrig og skrål og spektakel hører sig nu engang ikke rigtig til på et sted som dette her. Det ville slet ikke passe ind, og det er da i hvert fald en vigtig ting. Det ville stikke alt for meget af mod den måde, vi plejer at gøre tingene på.

Det har jeg en helt klar fornemmelse af, selv om jeg ikke lige kan huske, hvorfor det er sådan. Men det er heller ikke så vigtigt, vel? Ja, du behøver såmænd ikke engang at spørge, og det er helt okay, hvis du har glemt spørgsmålet, eller hvad det var, du gerne ville vide. Det sker såmænd tit, når folk først er kommet herind. Det er faktisk snarere reglen eller undtagelsen. Så det skal du såmænd ikke være ked af.

Nu er det jo sådan, at der er mange, der kommer herind i håb om at finde et eller andet, de ellers havde glemt. Det er jo faktisk også derfor, det hedder Kontoret for glemte sager. Det er der jo en grund til, selvfølgelig. Sådan er det faktisk undertiden med ret mange ting, faktisk flere end man skulle tro, at der er en grund til det. Måske ikke ligefrem den mest indlysende grund, eller den, man først ville have gættet på. Men i hvert fald en eller anden form for grund til det. Eller årsag, som der også er mange, der nøjes med at kalde det. En eller anden form for noget, der med lidt god vilje godt kan kaldes for en slags grund til det. Eller en begrundelse, som nogle også siger. Også selv om det tit er en, der kan virke virkelig besynderlig eller meget eksotisk. Helt ude i hampen, som der også er nogen, der kalder det. Kært barn har mange navn, som man siger.

Så mit gæt er, at det sikkert også gælder dig. Ja, altså ikke det med at være helt ude i hampen. Det tror jeg såmænd ikke, du er. Du er jo først lige kommet. Men jeg har en til vished grænsende mistanke om, at du nok er kommet for at prøve at finde et eller andet, du engang har glemt, ligesom alle de andre. Har jeg ikke ret?

Ja, ja, tænkte jeg det ikke nok. Det slår sjældent fejl. Vi kender jo efterhånden vores lus på travet, som man siger. Men det skal såmænd ikke genere os. Vi er jo vant til det efterhånden. Derfor har vi naturligvis også vores faste procedurer for, hvordan den slags foregår. Jeg ved jo ikke, hvad det præcist er, du leder efter, eller prøve at huske, og det er jeg sådan set også ligeglad med. Men du er da velkommen til selv at prøve at kigge efter på en af hylderne. Hvis du altså først lige udfylder den behørige blanket inde hos den vagthavende bestyrer inde på betjentkontoret. Det er lige inde ved siden af. Han er vist nok lige gået et ærinde af en slags, men du er da velkommen til at slå dig ned på en af stolene i venterummet.

Der er masser at tidsfordriv i form af gamle ugeblade i stakkevis, og de fleste er stadig nogenlunde hele, tror jeg nok. Der er såmænd læsestof til flere uger, hvis det skulle være. Så bare slå dig ned og glæd dig over, at du lever i et frit land, hvor du stadig har adgang til et sted som dette her. Det går alt sammen nemmere med lidt positiv tænkning. Sagt i al venlighed, naturligvis. Jeg er ret sikker på, at han nok skal komme tilbage på et eller andet tidspunkt. Og så du kan henvende dig ved skranken, når det bliver din tur, og redegøre for dit ærinde her på stedet og bede ham om at få udleveret den blanket, du skal udfylde.

Og når du så har udfyldt blanketten og den er blevet godkendt med de nødvendige stempler og blevet attesteret med gyldige underskrifter, så er du meget velkommen til at begynde at lede efter det, du nu søger, på en af hylderne i den sektion, du er blevet godkendt til. Hvis du altså gider. Det er jo helt op til dig selv. Vi tvinger skam ikke nogen til det, hvis de ikke selv vil. Du bestemmer jo selv, hvad du vil bruge din tid på, og hvis du ikke har noget bedre at tage dig til, så er det da helt okay med mig. Det må jo blive din egen sag. Held og lykke med det!

Det sker jo faktisk en gang imellem, at der er nogen, der heldige og finder det, de var kommet her for at søge efter. Hvem ved, det kan jo være, at du er en af dem, der har heldet med dig i dag. Det vil jeg skam ikke på forhånd udelukke. Det kunne jo faktisk tænkes, at tilværelsens mening, eller svaret på universets gåde, eller noget andet for dig spændende pludselig befandt sig på en hylde øverst oppe eller længst nede. Det er erfaringsmæssigt tit der, de gemmer sig. Det har jeg flere af de heldige sige. Men det kan selvfølgelig også være alle mulige andre steder. Og sandsynligvis ikke ligefrem det første sted, man leder, vel? Måske snarere, når man er ved at opgive det hele. Det er der i hvert fald nogen, der siger. Men det er aldrig rigtig til at vide med den slags. Vi modtager så mange mærkelige effekter fra tid til anden. Så held og lykke med det! Og rigtig god jagt!

Spørgsmålet er jo så for de fleste – af dem, der overhovedet finder noget – om det svarer til forventningerne. Det gør det næsten aldrig. Det er jeg nødt til at sige. Det overrasker i hvert fald meget tit folk. Enten til den ene side, eller til den anden side. Eller med noget helt anderledes. Der hverken er værre eller bedre end det, de havde sat næsen op efter, men bare noget fuldstændig andet. Noget fuldstændig uventet i forhold til det, de havde håbet på, eller gættet på, eller haft en eller anden meget vag erindring om. Måske bare noget, der nærmest virker helt ligegyldigt. Eller i hvert fald noget helt andet end det, de havde ventet.

Så det forekommer skam af og til, at der sker noget uforudset her på Kontoret for glemte sager. Det gør det skam. Og altså også på andre områder end lige det der. Det er måske ikke så hyppigt, men det sker. Det gør der helt sikkert. Det meste af det ligger ganske vist før min tid, men jeg har jo også kun været ansat her i nogle få år. Sammenlignet med de fleste af andre af medarbejderne i hvert fald. Men jeg har hørt dem fortælle om det. Adskillige gange. Det har jeg da i hvert fald. Helt sikkert. Jeg kan stadig huske noget af det, de fortalte. Absolut. En hel del, faktisk.

De gamle i gårde har naturligvis glemt de fleste af detaljerne. Men det spiller jo heller ikke den helt store rolle længere. Hovedtrækkene kan de jo stadig genfortælle, når de selv vil. Det er jo de store linjer, der er det afgørende. Det er alle enige om her på stedet. Det er selve principperne i det, der er det væsentlige. Den lære, der kan uddrages af det, så at sige. Det gælder jo alle historierne fra gamle dage. Og også her, når det gælder de mere overraskende hændelser. Der er noget fascinerende ved, at det tilsyneladende kan bevises sort på hvidt – eller i hvert fald sandsynliggøres – at der faktisk godt kan ske noget uforudset her på kontoret.

Der er noget kildrende ved selve den tanke. Naturligvis også undertiden lidt skræmmende, afhængigt af, hvad det er der, der pludselig sker, uden at nogen havde regnet med det på forhånd. Det ligger jo i sagens natur, at så kan det både være noget godt eller noget skidt. Eller måske endda noget helt forfærdeligt. Ud fra de historier, jeg har hørt om gamle dage her på stedet, så er der ikke noget af det, der lyder som om det har været rigtig slemt. Men om det så, i lidt mindre skala, har været noget godt eller noget dårligt, det fremgår ikke særlig klart af fortællingerne. Så vidt, jeg har forstået, så kan uventede begivenheder være begge dele. Eller kun en af delene ad gangen, naturligvis. Og det er jeg endda ikke helt sikker på.

Nogle af fortællingerne tyder i hvert fald på, at det også kan være begge dele på en gang. For forskellige af de involverede personer, for eksempel. Så det er noget godt for den ene og noget skidt for den anden eller de andre, der var involveret i det. I nogle af fortællingerne om den tid, hvor det foregik, lyder det endda, som det næsten var det, der var en af de vigtigste pointer i historien. Men som regel er de jo lidt dunkelt formuleret, fordi det er så lang tid siden, det fandt sted. Så tit må man gætte sig lidt frem, hvis man skal forstå den dybere mening med det. Men det sker der vel heller ikke noget ved. Så har man da det at underholde sig med, hvis man ikke har andet at foretage sig i en periode.

Men alt det der er nu ikke noget, som vi tager særlig tungt her på Kontoret For Glemte Sager. Det ville ligesom stride lidt mod hele konceptet, ikke? Og desuden, så har vi naturligvis også vigtigere ting at tage os af. Det er jeg helt sikker, at alle andre her på stedet vil give mig ret i. Som alle andre har jeg spekuleret en hel del over, hvad det er for nogle ting, uden dog endnu at komme op med et brugbart resultat. Men det er faktisk også sjovere, når man ikke ved det på forhånd, for så kan man jo være med til at gætte på, hvad det kunne tænkes at være. Der er jo faktisk mange muligheder, hvis man rigtig tænker efter. Nogle af os har en masse argumenter for det ene, og andre hsr en ikke helt dårlig begrundelse for noget, der nærmest er det modsatte, og en tredje mener, at de begge to er alt for overfladiske i de argumenter, de anvender. Og nogle mener selvfølgelig også helt syvende eller noget endnu vildere.

Det får vi faktisk ganske meget tid til at gå med her på Kontoret For Glemte Sager. Uden disse herlige diskussioner ville der ikke være meget grin ved at være ansat et sted som det her. Det kan der vist ikke være megen tvivl om. Det er da også en helt sikker nummer to på listen over de mest populære persongoder. Der er nemlig et af de andre personalegoder, der er nummer et på listen. Det ved jeg med sikkerhed. Men lige i øjeblikket kan jeg ikke huske, hvad det er for et. Det betyder måske heller ikke så meget. Måske ligger det og gemmer sig på en af de mange arkivhylder ligesom så meget andet. Hvem ved. Det kan vel godt tænkes.

I øvrigt er det nok ikke helt korrekt bare at sige, at vi arbejder her. I hvert fald ikke i den normale betydning af ordet. Vi gør jo så meget andet end det. Vi bor her jo snarere. Eller noget i den retning. For som regel glemmer de ansatte (jeg er jo selv en af dem!) at det strengt egentlig ikke er her, de bor og spiser og sover og elsker og hader og glemmer at skændes og hvem de selv er, og alt sådan noget. Og alligevel nogle gange husker at være lidt vrede på hinanden, i et pludseligt glimt af indsigt, som ingen rigtig kan forklare.

Det er jo sådan, det er. Og fordi de (jeg burde selvfølgelig sige vi!) alle sammen har glemt, at de ikke er her, de bor, og derfor bare bliver hængende her døgnet rundt. Fordi de ofte glemmer at gå hjem om aftenen, simpelthen. Så ender det jo med, at de alligevel alle sammen nærmest bor her. Sådan i praksis, altså. Det er da meget pudsigt. Det slags synes vi er meget sjovt, eller tankevækkende, når vi ellers lige kommer i tanker om det. Det gør vi naturligvis ikke sådan til dagligt, for vi har jo også andet at foretage os.

Til gengæld er det dobbelt sjovt, når der endelig efter lang tids forløb er en, der husker os andre på det. Så har vi det at more os lidt over. Ellers ville det nok blive lidt kedeligt i længden, hvis der ikke af og til var den slags små pudsige ting at tænke på.

Heldigvis er det så viseligt indrettet, at hylderne er brede nok til, at man sagtens kan bruge dem til at ligge og sove på, hvis bare man husker at rage alt det skrammel, der ligger på dem, ned på gulvet først. Vi har lavet den regel, at alle dem, der snorker, skal give wienerbrød eller kage til formiddagskaffen, frokostkaffen, eftermiddagskaffen, den sene eftermiddagskaffe OG til aftenkaffen.

Der er altid nogen, der snorker, selv om denne ordning burde afskrække dem fra at gøre det, for det bliver jo både dyrt og besværligt for dem når de skal rende til bageren fem gange om dagen for at hente wienerbrød eller kager til hele kontoret. Ordningen blev jo i sin tid efter sigende netop lavet for at begrænse det ulidelige snorkeri, som utroligt mange gør sig skyldige i hver eneste nat. Men så vidt jeg ved, har den aldrig nogensinde haft den tilsigtede hensigt med at begrænse snorkeriet. Heldigvis. For ellers ville vi andre jo ikke få alt det dejlige wienerbrød og alle de lækre kager hver dag. I al den tid, jeg har været her, kan jeg ikke huske, at der har været en eneste dag, hvor vi ikke har fået alt det wienerbrød og alle de kager, vi kunne spise.

Jeg tror endnu ikke vi nogensinde har fået kaffe uden rigeligt med kage til af en eller anden slags. Den eneste undtagelse er morgenkaffen. Der får vi friskbagt morgenbrød leveret fra bageren på hovedgaden med alt nødvendigt tilbehør til og så bare et enkelt stykke wienerbrød eller to til at slutte af med. Det er jo et af de gode gamle kostråd, vi her følger, så godt vi kan. Nemlig det der med at man skal spise som en konge om morgenen, og så kan man altid tage det lidt lettere i løbet af dagen, hvis man lyst til det, eller måske ikke lige gider at gøre så meget ud af den varme madlavning hver dag. Men al den slags sidder jo efterhånden på rygmarven hos os alle sammen. Alle kan disse regler uden ad, og da især dem, der snorker. Det gør jeg heldigvis ikke selv.

Men jeg har skam også meget andet nyt at fortælle her fra Kontoret For Glemte Sager. Ja, undskyld at jeg hele tiden gentager kontorets navn. Kontoret For Glemte Sager hedder det jo. Men det ville bare være så pinligt, hvis der en dag skulle komme nogen og spørge efter kontoret, og personalet, som jeg jo selv tilhører, så ikke engang selv vidste, hvad kontorets officielle navn var. Det ville bare forvirre folk. Så ville vi ikke så godt kunne sige til folk, at de ikke skal regne med, at finde deres glemte sager her. Bare så de er advaret på forhånd og derfor ikke bliver alt for skuffede. Langt de fleste sager er jo fr længst gået helt i glemmebogen, som ingen af de ansatte ved, hvor er blevet af.

Den er simpelthen bare blevet væk. Den er sandsynligvis bare forsvundet på mystisk vis, uden at nogen tilsyneladende har lagt mærke til det. Det sker jo jævnligt her på stedet. Måske er der en eller anden, der har lånt den og glemt at lægge den tilbage. Eller efterladt den et helt andet sted, hvor den egentlig ikke har noget at gøre. Det kan jo nemt ske. Og så har vedkommende, hvem det så end måtte have været, bare glemt at give os andre besked om det. Man kan jo aldrig rigtig vide med den slags.

Fra tid til anden kommer der så mange spøjse typer her på kontoret. Dem, vi kalder vores kunder. Der kom en gang en mand, der sagde, at han ledte efter noget, som han havde glemt i S-toget. Eller var det i bussen? Eller på stationen? Eller derhjemme? Eller et sted, hvor han havde været på besøg hos nogen? Nå, det kan også være lige meget. Et eller andet sted i hvert fald. Der havde han glemt noget, som han gerne ville finde igen. Og så havde han fået den idé at tage hele vejen herud til Kontoret For Glemte Sager for at lede efter det der, som han havde glemt et eller andet sted. Hvad det nu end var for en ting. Det har jeg glemt. Men han var altså taget hele vejen herud for at prøve at lede efter det her.

Det morede vi os naturligvis meget over. Men vi er jo høflige og velopdragne, så vi besluttede, at vi ville prøve at behandle ham pænt og lade som om vi tog ham alvorligt. Så vi gav ham lov til selv at lede på nogle af hylderne efter sin glemte ting. Efter at han først havde udfyldt de nødvendige blanketter og udstået den foreskrevne ventetid for at få sin ansøgning behandlet, naturligvis. Det gør vi jo altid. Det er den faste procedure, og den kan vi jo ikke bare fravige.

Men han gik søreme energisk til sagen, det må man lade ham. Han gik systematisk alle hylderne igennem, på nær de hylder, der er lukket for offentligheden, og hvor vi har samlet alle de ting, der kan tænkes at have en eller anden form for værdi, stor eller lille. Vi skulle jo nødig risikere, at der er nogen, der stjæler dem.

Men ham fyren her, han ledte troligt på alle de åbne hylder, og de er jo nærmest overfyldt med de mest utrolige former for ragelse og alskens værdiløst bras. Men det anfægtede tilsyneladende ikke ham her. Han ledte og han ledte, og da han havde været alle hylderne igennem, så startede han minsandten forfra. Det fik han naturligvis ikke noget ud af, og det vidste vi jo godt. Men vi har en fast regel om ikke at fortælle den slags til kunderne, som vi jo stadig kalder dem, i mangel af bedre. Der findes givetvis også en begrundelse for det. Det er vist noget med ikke at spolere deres arbejdsglæde, eller deres gode humør, eller hvad det nu er.

Der er også det der, som en af de gode gamle filosoffer har sagt, med at forventningens glæde er den største. Det gælder i allerhøjeste et sted som her. Det kan der vist ikke været megen tvivl om. Det er nok nærmest en af kerneværdierne i vores service over for publikum, altså dem, vi også kalder kunderne. Nu er det jo ikke sådan et kommercielt sted, det her. Sådan et med brugerbetaling. Hvor man skal have pungen eller kreditkortet frem før man får adgang til de hellige haller. Nej, sådan foregår det slet ikke her.

Der er ikke penge mellem os og vores kunder.
Men der er så meget andet. Og derfor er det
faktisk ganske berettiget at bruge ordet kunder
om dem alligevel, selv om betalingen for det, vi
tilbyder her på stedet, foregår med alt andet
end penge. Vores erfaring er, at den type af
betalingssystemer ofte er meget mere effektive,
når det kommer til stykket. Og det behøver slet
ikke at være nogen ulempe, hvis kunderne først
bagefter bliver klar over detaljerne i, hvordan
det mere præcist foregår. Jeg vil snarere sige
tværtimod. Eller hvis de slet ikke får den idé at
sætte sig med og begynde at tænke over den
slags, men hellere vil bruge deres tid på noget
mere nyttigt. Det får de jo alligevel meget mere
ud af. Men desværre er det ikke alle, der er
kloge nok til at forstå det uden videre.

Men sådan er det jo nu engang. Det er jo ikke
vores opgave at opdrage på folk, i hvert fald
ikke ud over, hvad der tjener Kontorets egne
interesser. I mange tilfælde ville det stille
kunderne alt for gunstigt, hvis de blot kunne
klare betalingen med usselt mammon, og så
være gældfri. Som om os, der arbejder et sted
som her, blot er en slags prostituerede, der er til
for at levere kunderne en eller anden bestemt
ydelse, som kunderne selv definerer efter

forgodtbefindende. Når det snarere burde være omvendt. Og det er det faktisk også her på stedet. Det har Kontorets ledelse og dem, der i sin tid har fastlagt Kontorets grundlæggende principper, heldigvis været kloge nok til at indse lige fra starten. Selv om det ikke er noget, vi plejer at sovse så meget rundt i. Det er heller ikke noget, der bliver gjort særlig meget ud af i vores informationsmateriale. Det er der ikke nogen grund til, for det kunne jo skræmme kunderne væk. Eller fratage dem forventningens glæde, der er så afgørende for, at de i det mindste får lidt ud af deres besøg her på stedet.

Så det er et afgørende princip her på stedet, at vi gerne vil lade kunderne beholde i hvert fald en del af forventningens glæde så længe som muligt, og straks fratage dem alt i den retning sådan rub og stub. Det er vores erfaring, at det som regel fungerer langt bedre, hvis de først efterhånden mister deres forventninger til det, sådan lidt efter lidt, en lille smule ad gangen. Ellers kan det nemt medføre surhed og beklagelser, eller ligefrem aggressive vredesudbrud, fra nogle af kunderne, hvor de ligefrem beskylder os for at være skyld i deres skuffelse, deres fejlagtige forventninger og deres mislykkede optimisme. Så går det langt mere fredeligt og gelinde til, når de efter lang tids tålmodig søgen må indse, at det nok bare skyldes deres egne manglende evner til at lede alle de enorme dynger af tilfældigt materiale igennem på en tilstrækkelig systematisk og succesfuld måde, og at det er derfor, de alligevel ikke får noget ud af det.

Rent bortset fra det, så er jeg desuden også ret sikker på, at der nok også står noget i en eller anden paragraf i en regelsamling om, at vi som hovedregel skal behandle kunderne ordentligt, rimeligt og retfærdigt. Eller noget i den retning. I hvert fald så længe det ikke strider mod andre interesser.

Men ham fyren her, som jeg var i gang med at fortælle om, han blev altså på Kontoret næsten hele dagen. Og til sidst, så havde han ledt alle hylderne (de åbne altså) igennem tre-fire gange. Åbenbart i den tro, at han måtte have overset sin glemte ting de første par gange, han ledte alt dette værdiløse ragelse igennem. Det er jo stort set kun den slags, de åbne hylder er fyldt med. Men han blev ved og blev ved. Det var naturligvis helt ude i hampen. Og det gik jo selvfølgelig, som man kunne forvente. Han fandt intet brugbart, og i sin skuffelse begyndte han at overfuse personalet. Sådan tror jeg godt, man kan betegne det. Den slags finder vi os naturligvis ikke i, så vi fik ham lige så stille og roligt lempet ud ad døren på en så overbevisende måde, så han vist dårligt kunne huske sit navn bagefter. Men han var dog klog nok til ikke at vende tilbage til Kontoret For Glemte Sager for at lede efter det.

Engang skete der også noget andet, der næsten var endnu morsommere. Jeg husker det tydeligt. Den slags glemmer man ikke lige med det samme. Det var det alt for vanvittigt til. Denne gang var det nemlig ikke bare en, der spurgte efter noget glemt et-eller-andet. Næh, ham her, han var noget mere avanceret end det. Han kom minsandten med forslag til nye arbejdsopgaver for kontoret her! Det var jo i sig selv en underlig idé, men så vent så bare, til du hører, hvad det var en idé, som manden havde fundet på. Han foreslog i fuldt alvor (tror jeg nok), at folk skulle kunne komme herhen og deponere alle de ting, de helst ville glemme, eller bare slippe af med! Han foreslog også hvordan. Det var sådan noget med, at de skulle pakke deres gamle ulækre erindringer pænt ind til sådan en pakke i brunt papir, og hvor de naturligvis havde gjort sig stor umage for at huske at få alle de gamle grimme aflagte ting og sager med, som de helst ikke ville huske. Alle deres nederlag og fejltagelser og pinlige situationer og det, der var værre. Alle de mest pinlige ting, alt det, som de bittert fortrød, alt det, som andre havde gjort mod dem, alt det, de ikke kunne tilgive, alle de dumme og negative tanker, der hæmmede dem i at være dem, de gerne ville være. Alle de gange, de var blevet såret, eller selv havde såret nogle andre. Alt det, de havde svært ved at tilgive sig selv. Og sidst, men ikke mindst, deres håbløse og ulykkelige forelskelser, parforhold og andre store sorger. Alt hvad der var mislykkedes for dem, alle deres skuffede forventninger, etc. Etc. Etc. Det var ellers ikke så lidt, hvad?

Det blev han ved med at ævle løs om i lang tid. Han mente altså, at folk skulle kunne bruge stedet her som en slags skraldespand. Så folk kan tage alt deres gamle, ubrugelige skidt og lort og pakke det sammen i en stor pakke, og forhåbentlig pakke det solidt ind, så der ikke går hul på emballagen. Og så skulle de komme her ned på Kontoret for Glemte Sager og gemme deres store pakker med alskens gammelt skidt og møg og deponere det her! Men det har vi jo slet ikke plads til! Vores lagerrum er i forvejen overfyldt med gammelt ragelse. Hvorfor kører de ikke bare deres aflagte sorger og skuffelser på lossepladsen, hvis de gerne vil af med dem.

Nej, fordi måske er der pludselig noget af det, de alligevel synes de har brug for engang på et senere tidspunkt af en eller anden mærkelig grund, og så er det meget rart, hvis de kan komme herhen og finde det frem igen. Det påstod han sgu i fuldt alvor! Men det er jo i forvejen næsten umuligt at finde noget her på stedet, når det først er blevet deponeret. Han havde jo overhovedet ikke sat sig i, hvordan tingene fungerer her på stedet.

Det er jo slet ikke det, der er meningen med Kontoret For Glemte Sager. Der ville blive et rend af alle mulige mærkelige kunder. Folk ville hurtigt begynde at komme strømmende herhen med alt muligt gammelt tanke- og erindringsaffald, som de ville deponere her. Det ville blive en ren losseplads, endnu mere end i forvejen. Det er der jo ingen, der kan være tjent med. Og da mindst af alle os, der er ansat her på kontoret, og som ihærdigt forsøger at udføre vores arbejde så godt som det nu er muligt under de givne forhold. Det ville uden tvivl forstyrre vores daglige arbejdsrytme og sikkert også komme fuldstændig på tværs af de gældende regelsamlinger, arbejdsbeskrivelser og øvrige forholdsordrer her på stedet. Det må vist være hævet over enhver tvivl. Det blev vi hurtigt enige om.

Ganske vist er der formentlig ikke nogen af os, der har et fuldstændigt overblik over samtlige gældende regler. Det ville nok også være for meget forlangt. Men det er jo heller ikke nødvendigt for at vide, hvad man skal mene om en sag, der er så absurd som denne her mands forslag. Helt klart tror jeg personligt, og de fleste andre med mig, at det ville helt i strid med ikke blot vedtægternes ånd, men hvad der er værre, også mod deres bogstav, altså mod selve den kringlede tekst i de mange forskellige paragraffer. Det ville næsten være utænkeligt andet, og det er sikkert også godt det samme.

Dette absurde forslag var naturligvis en oplagt sag at bringe til drøftelse mellem nogle af vores mest betroede medarbejdere, og det tog ikke lang tid for os at nå frem til en afgørelse. Denne gang gad vi ærlig talt ikke begynde at parlamentere med manden. Han var jo tydeligvis helt uvidende om, hvordan man driver et etablissement som dette her, så det ville alligevel ikke have tjent noget formål at begynde at argumentere med ham. Det var også meget mere spændende at diskutere sagen indbyrdes. Ikke fordi nogen af os drømte om, at ideen hverken kunne eller skulle bruges til noget som helst.

Det skulle da lige være at pakke den sammen i en nydelig lille pakke med brunt papir omkring og gemme den langt væk på en af de allerbageste hylder i fjernarkivet, så den forhåbentlig ikke dukker op igen. Det var der slet ikke nogen uenighed om. Det manglede da også bare. Men det ville da være alt for ærgerligt, hvis vi lod en sådan chance gå fra os til at more os rigtig godt og grundigt over et så totalt vanvittigt forslag. Sådan en chance får vi trods alt kun ret sjældent. Så det endelig sker, så skal det da udnyttes max.

Så vi fik i fællesskab overtalt manden til at gå, så vi kunne diskutere sagen i fred og ro og uden indblanding fra hans side. Vi har jo efterhånden fået en vis træning i at anvende så uimodsigelige argumenter, at folk pludselig får meget stor lyst til at forlade stedet helt frivilligt, mens de stadig har deres førlighed i behold. Således gik det da også med ham her. Pludselig gad han slet ikke at gøre noget for at forsvare sin mærkelige idé længere. Man kan måske sige, at det var lidt fejt af ham bare at stikke halen mellem benene og løbe sin vej på den måde. Men vi var storsindede nok til ikke at forhindre ham i det, når det nu var det, han ville. Vi har da heller ikke hørt fra ham siden. Så han kan da trods alt ikke være helt blottet for enhver form for intelligens. Og det ville da også være upraktisk andet. For hvad kunne der ikke ske, hvis den slags først begynder at gribe om sig?

Ja, sådan går tiden her på Kontoret For Glemte Sager. Det er naturligvis bare nogle enkelte små eksempler på, hvordan det foregår. Muligvis er jeg kommet til at fremstille det som lidt mere positivt på nogle punkter, end det faktisk er i vores slidsomme daglige arbejde. Som på alle andre arbejdspladser er der jo både store, tunge og komplicerede problemer, der skal løses. Men heldigvis er der også ind imellem nogle søde, små, sjove adspredelser, der gør at arbejdet ofte er til at holde ud alligevel. Åh, nu dæmrer der vist noget. Det var vist en af dem, jeg egentlig ville starte med at ville fortælle om. Nu tror jeg næsten, jeg kan huske, hvad det var. Det var faktisk rigtig, rigtig skægt. Virkelig sjovt. Det tror jeg, de fleste vil synes, og måske navnlig dem, der kan finde på at læse en historie som denne her. Vi plejer alle sammen at ligge flade af grin, når vi genfortæller netop den historie for hinanden. Det er noget af det sjoveste og mest morsomme, jeg nogensinde har hørt, og jeg er sikker på, at læserne ville synes det samme, hvis de fik den at høre.

Nå, men nu blev det altså, af en eller anden grund, som jeg har glemt, noget andet, det kom til at handle om. Og det er der desværre ikke noget at gøre ved. Jeg kan ikke bare begynde at fortælle om det andet, der faktisk er meget sjovere, nu på dette her tidspunkt. Og da slet ikke, når det lige straks er en af de helt store kaffepauser, hvor der i dag er ekstra mange og ekstra lækre kager, fordi der er endnu flere end der plejer, der har snorket helt utilbørligt her på Kontoret For Glemte Sager. Så det er simpelthen slet ikke tilladt for mig at begynde at fortælle den der virkelig sjove historie nu. Beklager, men sådan er reglerne altså nu engang bare. Det står helt sikkert i en eller anden paragraf, som jeg ikke lige kan huske nummeret på. Det ville også være omsonst, hvis nogen ville prøve at slå det efter i en af de mange regelsamlinger, for de er naturligvis alle sammen rent interne. Det ville bringe alt for meget forstyrrelse i vores arbejde, hvis vores regler og vedtægter og paragraffer skulle være offentligt tilgængelige for alle mulige tilfældige udenforstående.

Du er naturligvis velkommen til at møde op her på Kontoret For Glemte Sager, som en af dem, vi kalder vores kunder, selv om betalingen for det ganske vist ikke skal erlægges i kontanter eller andre penge. Hvis du altså har en god grund til det. For vi er selvfølgelig åbne og tilgængelige for offentligheden hver dag i åbningstiden. Det er vi jo nødt til, for ellers ville vi miste vores tilskud og bevillinger. Så kan du jo altid overveje, om du virkelig tror, det er noget for dig.

Andre bøger af Henrik Neergaard på Forlaget BoD –
Books-on-Demand:

Den digitale litteraturs velsignelser

En dejlig utraditionel og på mange måder
tankevækkende bog, undertiden krydret med en
befriende humoristisk tankegang. Ikke uden
overraskelser, anderledes vinkler og en lille gætteleg
for læserne. Uventede associationer, indsigter og
synsvinkelskift kan ikke udelukkes. Bør formentlig
læses af alle andre end computerprogrammører og
andre digitale fagnørder, på hvem den sikkert vil virke
ret provokerende.

144 sider, kr. 148,-

ISBN 9788743008798

Dovne Kenneth

Eller

Troen på Utroskab

Roman

En letlæst og humoristisk skrevet roman om nogle temaer, der vil være kendt af mange, men forhåbentlig i en mere afdæmpet form. Bogens to hovedpersoner er et ægtepar i 60'erne, og man følger en del af deres større og mindre genvordigheder med hinanden og nogle af de almindelige tendenser i tiden. Krydret med en hel del overraskelser og groteske episoder, der nok vil få de fleste til at trække på smilebåndet.

En feel-good bog for læserne, men ikke nødvendigvis for de to hovedpersoner, der dog kommer ud af det med skindet på næsen til sidst.

186 sider, kr. 195,- ISBN 9788743009283

Dalredage

(Diesel-haiku)

En serie på 209 haiku-digte, der danner et forløb omkring en kollapset forelskelse og hovedpersonens forsøg på at komme videre i både hverdag, fantasi og udskejelser.

88 sider, kr. 159,-

ISBN 9788743001300

BOOKS on DEMAND

www.bod.dk

NATVILJE

Roman

En mand indgår et væddemål ved en fugtig julekomsammen. Han vædder med en kvindelig akademiker om at han da sagtens kan skrive en bog, selv om han ikke er spor intellektuel. Og så er han jo også nødt til at skrive den der bog for ikke at tabe væddemålet. Bogen kommer til at indeholde lidt af hvert om store og små oplevelser fra hans daglige tilværelse. Og minsandten også nogle tanker og lidt filosoferen om ting og fænomener ude i verden og i samfundet. Ikke mindst den tekniske udvikling, hvor han og nogle venner blandt andet er ret skeptiske over for de selvkørende biler, for de kan godt lide selv at sidde bag rattet og styre deres egen bil. Ellers bliver det jo bare en slags offentlig transport. Mon der for eksempel er ret meget ved en selvkørende motorcykel? Han siger selv, at bogen ikke er autofiktion – ikke almindelig autofiktion i hvert fald.

160 sider – 185 kr. ISBN 9788743014911